# 我的《水經注》

黃國彬 著

責任編輯：羅國洪

封面設計：Alice Yim

# 我的《水經注》

黃國彬　著

出　　版：匯智出版有限公司
　　　　　香港九龍尖沙咀赫德道2A首邦行8樓803室
　　　　　電話：2390 0605　　傳真：2142 3161
　　　　　網址：http://www.ip.com.hk

發　　行：香港聯合書刊物流有限公司
　　　　　香港新界大埔汀麗路36號中華商務印刷大廈3字樓
　　　　　電話：2150 2100　　傳真：2407 3062

印　　刷：陽光 (彩美) 印刷有限公司

版　　次：2019年10月初版

國際書號：978-988-79782-2-0

# 序

一

桑欽的《水經》,[1] 敍水道一百三十七條。展卷,你會聽到河水、汾水、濟水、淇水、易水、洛水、淮水、渭水、丹水、穎水、洧水、汶水、泗水、沂水、沔水、淮水、夏水、江水、澧水、資水、湘水、灕水、溱水、耒水、贛水⋯⋯活活洋洋,浩浩湯湯,以千姿百態在神州大地蜿蜒奔騰,從雲煙微茫的邃古到作者著書的年代。

請看作者如何落筆:「崑崙墟在西北,去嵩高五萬里,地之中也。其高萬一千里,河水出其東北陬,屈從其東南流,入于渤海。又出海外,南至積石山,下有石門,河水冒以西南流。又南入蔥嶺山,出而東北流⋯⋯」[2] 這是謫仙「明

---

1　《水經》的作者是誰,歷來有不同的説法。有的認為是桑欽,有的認為是郭璞,清代學者認為是三國時代的人。這篇短序並非學術論文,各史書、各學者的説法從略。有關《水經》和《水經注》的作者、版本、校勘等問題,參看《水經注疏》中陳橋驛的《排印〈水經注疏〉的説明》、楊守敬的《〈水經注疏〉凡例》、熊會貞的《熊會貞親筆〈水經注疏〉修改意見》三篇文章。見《水經注疏》(酈道元注,楊守敬,熊會貞疏,段熙仲點校,陳橋驛復校,責任編輯:張惠榮,余清逸,胡慧斌),共三冊(南京:江蘇古籍出版社,一九八九年六月第一版),上冊,頁一一二零,頁一一七,頁一一六。

2　《水經注疏》(酈道元注,楊守敬,熊會貞疏),共三冊(南京:江蘇古籍出版社,一九八九年六月第一版),上冊(卷一一卷二),頁一一七六。

月出天山，蒼茫雲海間。長風幾萬里，吹度玉門關」的筆
法。在桑欽筆下，中華民族的文明就這樣隨黃河之源展開。
翻閱《水經》，你會看見盤古運斧如風間，原始水道在神州
大地噴湧流佈。

我的《水經》，不敍神州水道，而敍地球眾水之源——
太平洋和大西洋，敍列子想像中的歸墟。外星人駕飛碟進入
太陽系，飛越海王星、天王星、土星、木星、火星後，見一
顆藍色天體在太空靜懸，一按資料搜尋器，知道天體叫「地
球」，藍色主要是我的《水經》所描述的兩大水域。

二

自小就喜歡水；水缸的水，魚塘、山塘、水庫、清
潭、溪澗、河流的水，未滿十二歲已經在鄉間游遍、嬉遍。
上世紀五十年代返港後，所游、所嬉的水有了分別；或晃漾
於泳池，或澎湃於大海；種類少了些，境界却大大提高，面
積也大大增廣。所謂泳池，主要指銅鑼灣維多利亞公園泳
池；唸中學時獲友校邀請參加友誼接力賽，或者進大學後參
加學聯公開賽，也到過九龍仔公園泳池逐浪翻波。所謂大
海，指南中國海的維多利亞港、淺水灣、深水灣、中灣、南
灣、赤柱正灘、聖士提反灣、龜背灣、石澳海灘、大浪灣、
大浪西灣……一句話，指香港所有堪游、堪嬉的水域。

在南中國海游了三十多年，到了上世紀九十年代，即

使海若所居也不能滿足我的水癖了；[3] 於是飛往太平洋和大西洋……

> 北冥有魚，其名為鯤。鯤之大，不知其幾千里也。化而為鳥，其名為鵬。鵬之背，不知其幾千里也；怒而飛，其翼若垂天之雲。是鳥也，海運則將徙於南冥……鵬之徙於南冥也，水擊三千里，摶扶搖而上者九萬里，去以六月息者也。

莊子《逍遙遊》的這段文字，早在五十多年前就叫我驚佩嚮往——驚佩作者的想像怒飛時，「其翼若垂天之雲」；嚮往神鳥「徙於南冥」時，「水擊三千里，摶扶搖而上者九萬里」。

上世紀九十年代，嚮往變成了現實。不止一次，我與波音七四七人機合一，化而為鵬，水擊逾萬里，摶扶搖而上者三萬尺，飛往威基基的太平洋，巴哈馬、百慕達、邁阿密、波多黎各的大西洋；在地球水域至大處再化而為鯤，掀碧濤，簸巨浪，以恢鰭碩尾搖撼整個穹蒼。

太平洋、大西洋經驗，早已化為我的《水經》，收錄於《逃逸速度》和《第二頻道》兩本散文集裏。[4]

---

3　「海若」一般指《莊子・秋水》中的北海若；這裏泛指海神，南中國也是他的統轄範圍。

4　本書附錄的三篇散文（《浪鬣的聲音》、《三游大西洋》、《在二萬八千呎之上戲浪》），就選自我的《水經》。第一篇寫太平洋經驗，第二、三篇寫大西洋經驗。可參看。

三

　　南華老仙的神鳥起飛後八百多年，[5] 北魏的酈道元 (470-527)「訪瀆搜渠」，[6] 寫成一百五十萬字的《水經注》；作者足跡之廣，[7] 用功之深，毅力之強，閱覽之富，同樣叫我驚佩。[8] 書中第三十四卷的一段，是透明文字的絕佳例子，在我上溯三峽前一再帶我神遊自小就嚮往的勝景：

　　三峽七百里中，兩岸連山，略無闕處。重巖疊嶂，隱天蔽日。自非停午夜分，不見曦月。至於夏水襄陵，沿溯阻絕。或王命急宣，有時朝發白帝，暮到江陵。其間千二百里，雖乘奔御風，不以疾也。春冬之時，則素湍綠潭，迴清倒影。絕巘多生怪柏，懸泉瀑布，飛漱其間。清榮峻茂，良多趣味。每至晴初霜旦，林寒澗肅，常有高猿長嘯，屬引淒異，空谷傳響，哀轉久絕。故漁者歌曰：「巴東三峽巫峽長，猿鳴三聲淚沾裳！」[9]

---

5　莊子的出生年份有多種說法。大多數學者認為是公元前三七零年。其他說法，在此從略。

6　酈道元：《水經注》序。

7　酈道元之水和徐宏祖之山，是中國地理文學的雙璧，對我的吸引力同樣大。

8　中國學術界有酈學，證明驚佩者不止一人。

9　「怪柏」，有的版本作「檉柏」；「屬引」，有的版本作「屢引」；藝術效果大為遜色。棄「怪」、「屬」而取「檉」、「屢」，無異棄金取鐵。《王國維批校水經注箋》取「檉」、「屢」而棄「怪」、「屬」，是例子之一。見《王國維批校水經注箋》，〔明〕朱謀㙔撰，王國維批校，趙萬里過錄，全

在我上溯三峽後叫我更欣賞作者的妙筆； 驚嘆短短的一百五十五字，竟能冶繪畫、音樂、電影於一爐，發放中國古典散文史上罕有的魅力；叫我獨處時常常不由自主，默默吟誦，像吟誦王羲之的《蘭亭序》和王勃的《滕王閣序》那樣着迷。

航進《水經注》，在一千二百五十二條水道中，無論是衝波而上或順流而下，無論像尹吉甫那樣「遡洄」「遡游」，[10] 還是像蘇東坡那樣「飛電過隙」，[11] 我都會進入另一度時空⋯⋯「紛總總其離合兮，斑陸離其上下」，[12] 數不盡的神祇和傳説人物、歷史人物紛紛來迎，再無古今或遠近的阻隔。

請看卷一如何邀讀者向神幻之境飛騰：

今按《山海經》曰：崑崙墟在西北，帝之下都。崑崙之墟，方八百里，高萬仞。上有木禾。面有九井，以玉為檻。面有九門，門有開明獸守之，百神之所在。⋯⋯又按淮南之書，崑崙之上，有木禾、珠樹、玉樹、璇樹，不死樹在其西，沙棠、琅

---

五冊 (北京：中華書局，二零一四年九月第一版)，第五冊，頁八九。各版本的差異，楊守敬的《水經注疏》有詳細説明。見《水經注疏》(酈道元注，楊守敬，熊會貞疏)，共三冊 (南京；江蘇古籍出版社，一九八九年六月第一版)，下冊，頁二八三四。

10 參看尹吉甫：《詩經・蒹葭》。

11 參看蘇軾：《百步洪》二首其一。

12 屈原：《離騷》。

玗在其東，絳樹在其南，碧樹、瑤樹在其北。旁有四百四十門……。北門開以納不周之風。……疏圃之池，浸之黃水。黃水三周復其原，是謂丹水，飲之不死。……崑崙之邱，或上倍之，是謂涼風之山，登之而不死。或上倍之，是為玄圃之山，登之乃靈，能使風雨。或上倍之，乃維上天，登之乃神，是謂太帝之居。……按《十洲記》：……故曰崑崙山有三角，其一角正北，干辰星之輝，名曰閬風巔。其一角正西，名曰玄圃臺。其一角正東，名曰崑崙宮。其處有積金，為天墉城，面方千里。城上安金臺五所，玉樓十二，其北戶出，承淵山，又有墉城，金臺玉樓，相似如一。淵精之闕，光碧之堂，瓊華之室，紫翠丹房，景燭日暉，朱霞九光，西王母之所治，真官仙靈之所宗，上通旋機，元氣流布，五常玉衡。理九天而調陰陽。品物群生，希奇特出，皆在于此。天人濟濟，不可具記。其北海外，又有鍾山，上有金臺玉闕，亦元氣之所含，天帝居治處也。……東方朔《十洲記》曰：方丈在東海中央，東西南北岸相去正等。方丈面各五千里，上專是群龍所聚，有金玉琉璃之宮，三天司命所治處。群仙不欲升天者皆往來也。張華敍東方朔《神異經》曰：崑崙有銅柱焉，其高入天，所謂天柱也。圍三千里，圓周如削。下有回屋，仙人九

府治。上有大鳥，名曰希有，南向，張左翼覆東王公，右翼覆西王母，背上小處無羽，一萬九千里，西王母歲登翼上，之東王公也。……《遁甲開山圖》曰：五龍見教，天皇被迹，望在無外柱州崑崙山上。榮氏《注》云：五龍治在五方，為五行神。……無外之山，在崑崙東南一萬二千里，五龍天皇，皆出此中，為十二時神也。[13]

　　我沒有酈道元的地理造詣，不能挫神州千川於筆端，不能「每樹一義，上下千古」；[14] 但見賢思齊，覺得既然寫了本黃氏《水經》，也該寫一本黃氏《水經注》才對。於是退而結網，二零一五年十一月十二日在多倫多完成《我的〈水經注〉》初稿；部分篇章，已經在電子報刊《灼見名家》發表。二零一八年五月中旬，匯智出版有限公司主責編輯羅國洪先生約稿。於是把初稿修飾，六月中旬以電郵傳給羅先生。

　　《我的〈水經注〉》，長約六萬六千字，篇幅不到酈氏鉅著的二十二分之一；不過在酈注之外另闢水徑，為太平洋、大西洋經驗加十六個腳注，寫一個水妖，幾十年在魚塘、溪澗、河流、泳棚、泳池、大海的經驗及有關回憶、聯想，與

---

13　《水經注疏》（酈道元注，楊守敬，熊會貞疏），共三冊（南京；江蘇古籍出版社，一九八九年六月第一版），上冊（卷一），頁五九一六六。

14　楊守敬《〈水經注疏〉凡例》語。見《水經注疏》（酈道元注，楊守敬，熊會貞疏），共三冊（南京：江蘇古籍出版社，一九八九年六月第一版），上冊，頁二。

我的《水經》呼應交響，或尚有一二可取之處。相信酈善長在天之靈，不會怪拙著附驥叨光。

在《水經注》自序中，酈道元引述郭璞的《玄中記》稱頌水德：「天下之多者水也，浮天載地，高下無不至，萬物無不潤。及其氣流屈石，精薄膚寸，不崇朝而澤合靈宇者，神莫與並矣。是以達者不能測其淵沖而盡其鴻深也。」[15]酈道元、郭璞、桑欽都是水的知音。《我的〈水經注〉》作者也是。

# 四

寫了幾十年中文，一直以中原為馬首。提到貯放食物的家庭電器時說「冰箱」，不說「雪櫃」；提到用雙腳在地上向前移動時說「走路」，不說「行路」……[16]不過我不是尾生，對中原的忠誠並不是抱柱之信。中原的「非典」傳染到香港時，我的免疫系統馬上啟動；中原人稱腕上計時器為「一塊手錶」時，我會問：「中文沒有文明一點的量詞跟『手錶』搭配嗎？」此外，寫香港經驗時，為了創造某些效果，達到某些創作目標，我會在適當的地方使用香港話詞彙、香港話俗語。

從事翻譯又讀過語言學和翻譯理論的人都知道，絕對

---

15 「靈宇」，有的版本作「靈寓」。

16 「行路」歷史悠久，且有謫仙《行路難》組詩「祝福」，地位當然不遜於「走路」。

準確的翻譯只有文本重複，諸如以「山」譯「山」，以 "water" 譯 "water"；以「蘋果」譯 "apple"，原文的許多聯想已經在翻譯過程中消失。注我的《水經》時，固然可以把新興和香港經驗全部翻譯成中原語；但這樣一翻，要傳遞的經驗就會像光束那樣遭到折射。香港話的「捉蟲」，用中原語該怎麼說呢？說「搬起石頭打自己的腳」嗎？——原文蠕動之「蟲」和弦外之意（蟲的最後着落）去了哪裏？「搬起石頭打自己的腳」這句中原語，有「石」有「腳」，而且有動作與「捉」字分庭抗禮，固然也十分生動，但絕非「捉蟲」的生動。中原語「翹尾巴」固然夠傳神；但是談香港經驗，以香港人為主要閱讀對象時，易獸為禽，説「鬆毛鬆翼」會更佳。

　　因此，在敍述、描寫祖籍新興和出生地香港的六萬五千多字中，我會因文制宜，輸出一點點的新興話和香港話；讓不説新興話和香港話的讀者，知道中原語之外，「南蠻鴃舌之人」所説的兩種「方言」，[17] 有獨特的姿采。[18]

二零一八年六月十二日

---

17　上世紀四五十年代，許多北方文人南移香港，以「大中原主義」的眼光看他們賴以托庇之所，瞧不起説香港話的香港人，於是引《孟子・滕文公上》的名言，蔑稱香港人為「南蠻鴃舌之人」。與香港出生、出生後一直在香港長大的香港人比較，我這個在窮鄉長大的「鄉下仔」，更是「南蠻」中的「南蠻」，「鴃舌」中的「鴃舌」了。

18　新興話或香港話某些詞語有音無字時，以寬式國際音標標示。我説「有音無字」，可能並不準確，因為有些新興或香港語音，可能既有音，又有字；只是我束於所學，未嘗得聞而已。如獲大方之家賜告，當不勝感激。

# 目錄

## 附錄

# 第一次「游泳」

　　水，最初是潺潺淙淙，然後是洋洋活活，浩浩湯湯，最後則以搖三山的澎湃和撼穹蒼的磅礡為我寫成一部多彩多姿的《水經》。

　　從前，有一個盛夏……

　　當時大約是四五歲，跟三朱和火陽——兩個年紀跟我差不多的童年友伴，趁三位母親在稻田收割，一起擠進了三朱家的水缸玩起水來。雖然領略了「第一次游泳」的涼快刺激，却弄得滿地水浸。當時，我穿的是母親剛從鎮上買給我的天藍色短袖上衣。這種上衣，新興方言叫「波裇」，[1]國語叫「球衣」。不過我的球衣和邁克爾・喬丹（香港叫「米高・佐敦」）或林書豪所穿有天淵之別：我的球衣雖用鄉下所謂的「洋布」裁成，所染的天藍却遇水即脫，結果把三朱家的一缸食水全部染藍。

　　我們的村子大約有一二百戶人家，食水都從井裏打來。全村只有三口井，分別位於村頭、村尾、村中間。我和三朱、火陽住在村中間。三位母親到水井打水，要挑着兩

---

1　「波」，粵語，指球。

個水桶走頗遠的路。今日，政府常常提醒我們，水是珍貴資源。我在鄉間生活過，長大後雖沒有加入綠色和平組織，但日常生活也儘量環保，因此政府的宣傳深得我心。不過，四五歲的小孩，腦竅未開，三朱媽媽要多辛苦才挑滿家中的水缸，自然不會知道了。

三個村童浸浴過的井水，有了鹹汗，自然不能再飲用，也不能用來燒飯、洗菜；不過我把缸水染藍，鹹汗之外再添加顏料，藉視覺震撼三朱媽媽，罪孽最昭彰。三朱媽媽從田上回來，並沒有責罵我們。數十年後回想，要感謝她的包容。

許仲琳的《封神演義》第六回（「陳塘關哪吒出世」）有這樣的描寫：

> 話說哪吒同家將出關，約行一里之餘，天熱難行。哪吒走得汗流滿面，乃叫家將：「看前面樹陰之下，可好納涼？」家將來到綠柳陰中，只見薰風蕩蕩，煩襟盡解，急忙走回來，對哪吒稟曰：「稟公子，前面柳陰之內，甚是清涼，可以避暑。」哪吒聽說，不覺大喜；便走進林內，解開衣帶，舒放襟懷，甚是快樂。猛忽的見那壁廂清波滾滾，綠水滔滔，真是兩岸垂楊風習習，崖傍亂石水潺潺。哪吒立起身來，走到河邊，叫家將：「我方纔走出關來，熱極了，一身是汗。如今且在石上洗一個澡。」家將

曰：「公子仔細，只怕老爺回來，可早些回去。」哪
吒曰：「不妨。」脫了衣裳，坐在石上，把七尺混天
綾放在水裏，蘸水洗澡。不知這河是九灣河，乃東
海口上。哪吒將此寶貝放在水中，把水俱映紅了。
擺一擺，江河愰動；搖一搖，乾坤動撼。那哪吒洗
澡，不覺那水晶宮已愰的亂響。[2]

以波裇染藍鄰居缸水的頑童，不知是不是哪吒轉世。

\* 二零一六年九月九日，發表於電子報刊《灼見名家》文化版。

---

2　許仲琳編，《封神演義》，上下冊（香港：中華書局香港分局，一九七零年六月版），上冊，頁一一零－一一一。引文中的「愰」字，有的版本作「晃」。就書中語境而言，「晃」字較佳。

# 棺材板事件

我把鄰居的水缸染藍後不久，就發生棺材板事件。

我們的村子叫鼎村，[1] 坐北向南，地勢比遠近的村子低；村後是屋背山，高約百多米，緊靠村子。我住在村子中間，泥築的後牆離草木蒙茸的屋背山麓只有四五米。屋背山上，雜樹叢生，高逾兩米的蕨草（新興叫「蕨仔草」）中常有狐狸、獐子、黃麖出沒。外來的獵人在山上打獵，呼喚獵犬的聲音在山下清晰可聞。與東邊的屋背山相望，是南邊的面前岡。面前岡高約二百米，岡頂較圓，上面雜樹不多，植被主要是較短的蕨草，其中夾雜着桃金娘（又叫「山稔」，新興人乾脆叫「稔」），夏季開淡紅色的花，結暗紫色的漿果，清甜可口，我們常常到山上採來吃。面前岡和村子之間，由南向屋背山那邊北移，依次是兩幅禾地（即打穀場）、一條小溪、八個緊連的魚塘，[2] 然後是村子的家家戶戶。兩幅禾地像梯田那樣，一高一低。位於高處的有一棵荔枝樹，樹幹平伸而出，在十米之上深入虛空。夏天，我總喜歡爬出橫

---

1 「鼎村」一名，後來簡化為「頂村」。
2 新興話裏，魚塘的量詞是「眼」，八個魚塘又叫「八眼魚塘」或「八眼塘」，形象特別鮮明。

伸的樹幹，坐在上面，兩腿懸空，用荔枝葉捲成扁圓形的哨子（新興話擬聲叫 ba⁶bi¹），涼風中一邊吹，一邊遠望環村的魚塘，遠望村子的灰瓦、黑瓦、褐瓦、黃泥牆、青磚牆映着一泓泓的綠水，顯得分外寧靜。那時候，還未讀過杜甫的《秋興》八首。現在回顧，發覺當時身歷，與「千家山郭靜朝暉，日日江樓坐翠微」的境界相似。兩幅禾地以北的小溪，深約半米到一米，寬約三四米到五六米；從東邊的岡巒和稻田蜿蜒而來，以更清澈的綠水繞魚塘而去，最後經西邊的稻田流入東門河。小溪以北的八個魚塘，形狀、大小不一；由東邊的村頭到西邊的村尾，依次為塘仔、榕根塘、井頭塘、木頭塘、面前塘、長塘、大塘、圓塘。大塘的面積最廣，有三千多平方米，只是沒頂的地方不多。³ 位於村中間的木頭塘最深，長百多米，寬六七十米，中央深達六七米。

八個魚塘之中，塘仔和圓塘不過深一米多；由於太淺，不適宜游泳；除了撈蝦、捕魚、挖慈姑，我甚少涉足其中。其餘六個魚塘，都堪游泳，跟童年的我有密切關係。不過談魚塘游泳的經驗前，先說棺材板。

鼎村跟香港新界五十年代的沙田、荃灣、粉嶺、上水、林村以至今日的古洞都有極大的分別。今日的沙田、荃灣、粉嶺、上水已經是百分之百的城市；五十年代的沙田、荃灣、粉嶺、上水，也只算九龍的近郊，就像今日的林村和

---

3　「沒頂」，新興話叫「浸（唸粵語第六聲）過頭」。

古洞一樣。童年所居的鼎村，是百分之百的鄉下。由於物質奇缺，鄉下人特別環保，幾乎甚麼東西都可以循環再用：小便貯在尿桶裏，拿來澆菜；大便貯在糞缸裏，拿來澆禾。我家緊靠屋背山。走到屋後，就看到一個個的糞缸，嗅到有機肥料的氣味。那麼，人死了又怎樣呢？人死了，要埋葬。用甚麼埋葬呢？自然用棺材了。棺材入土多年，死者的肉體腐爛，剩下的骨殖、頭髮、牙齒放進了金斗，死亡的程序就結束。這時候，死者的家屬就會把棺材從墳墓裏挖出來，把棺材板拆散，一塊塊的拋進魚塘，讓塘水浸洗。浸洗完畢，棺材板的木材有各種用途：橫鋪溪澗之上，可以成為木橋；截斷流動的溪水，可以成為堤壩；切開田基，可以調節灌溉禾苗的水量；成雙平行，架在屎氹之上，中間留一尺半尺的空隙，可以讓人或站或蹲，在上面小解、大解。不過對於小孩，棺材板廁所很危險。有一次，七八歲的我經過東門河畔，走進一幅農地的屎氹小解，左右兩腳各踏一塊棺材板。我立足的地方是棺材板圓拱部分，並不平坦，雨後生了青苔，一不小心，兩腳一滑，整個人摔進了屎氹裏，肩膀以下全叫大糞淹沒（如果我的身高再矮些，眼耳口鼻肯定也不能幸免——至少得用滿氹的半液體、半固體洗臉，其透徹、全面的程度會遠勝愛美女士以巴黎潔面乳化妝）。幸好屎氹和東門河相距不過數十步；我滿身大糞，臭氣薰天、薰鼻間從屎氹裏爬出來，飛奔到河畔，以投水自盡的果決一撲撲進河中，洗濯了一盞茶的工夫才爬回岸上。本文讀者之中，見

多識廣、旅遊經驗豐富的相信不在少數。他們會嘗試過芬蘭浴、土耳其浴，甚至像中共前總書記江澤民那樣浸過死海，仰躺在海面上自得其樂；不過我敢打賭，我童年的「大糞浴」，他們一定沒有「享受」過。

棺材板浸洗過程一般長達數十天。因此，村中的魚塘不時有棺材板漂浮。本頭塘特別深，除了大塘外，面積也最廣，是浸洗棺材板的最佳選擇。在塘中浸洗的棺材板，是村中小孩的至愛。他們在塘中游泳，常會伏在上面憩息；或躺在上面曬太陽；或者上身趴在棺材板上，兩腳在水中像青蛙那樣用力後撥，從魚塘的這邊撥到另一邊，一如泳手在泳池裏用浮板練習蛙泳。這幾種娛樂，我都沒有錯過。不過叫我最難忘的是另一種：手持一根長篙，在棺材板上或坐或立；立時撐篙來回，儼如水泊梁山的阮氏兄弟。

第一次撐棺材板時，大約七歲，還未懂游泳。一個寒冷的冬日早晨，身穿厚厚的衣服來到木頭塘畔，見南邊竹園瀕水處浮着一塊棺材板，泛舟的興致油然而生。於是沿東邊的塘基走過去，用一根竹竿把棺材板勾過來，也沒有想到那裏的塘水有多深，就貿然踩上去，當起阮小二來。雖然是首次以棺木為舟，我的馭舟能力却不差，一踩上去就無師自通，掌握了平衡技巧，兩手握着竹竿，立在棺材板上撐來撐去，快樂不下於徐志摩以長篙撐康河一船的星輝。我以竹竿插入水中，知道水深足以沒頂，未諳泳術的我却不懂得害怕，只知沉醉於撐舟之樂。

不久，魚塘北邊出現另一個小孩。這個小孩一向野蠻；遠遠看見我在魚塘另一邊撐棺材板，就沿塘基跑了過來，叫嚷着要我把棺材板讓出來。我當時未讀過《孟子》，却也明白「獨樂樂不如眾樂樂」的道理；於是説：「再撐一會就可以給你了。」當時我踏上棺材板不過一兩分鐘，「眾樂樂」，至少也應該再過幾分鐘吧；何況棺材板由我發現，此刻我是主人，應該有權多撐一陣子。但這個傢伙強橫，硬要我馬上「交吉」。我見他野蠻，就不再理他，却沒有想到，他站在塘基上，跟我相距只有八九米；見我不理他，竟突然俯身拾起一塊石頭使勁向我擲來⋯⋯説時遲，那時快，躲閃間我失去了平衡，連人帶竹竿栽進了水中⋯⋯

這樣的意外，如果發生在一兩年後，我充其量是衣衫盡濕，狼狽不堪，跑回家裏換衣服。可是，變生肘腋的刹那，我只在塘邊淺水處無師自學，狗仔式尚未掌握。電光石火間，我只剩下求生本能，憤怒、驚懼再感覺不到，只知手足亂用，拚命撲向淺水處。數秒鐘後，兩脚終於觸到了魚塘的泥沙⋯⋯

一生的水險，只有多年後在夏威夷威基基海灘的「滑浪」意外，堪與棺材板事件相比。[4]

\* 二零一六年九月十六日，發表於電子報刊《灼見名家》文化版。

---

4　威基基滑浪意外，長篇散文《浪醼的聲音》有詳細交代。見本書附錄。

# 鄉村游伴

在「棺材板事件」中，我這個村童，是廣東人所謂的「唔知『死』字點寫」。事件後，我沒有患恐水症，反而成了水的孩子、水的摯友。

返港前，我在鄉間熟習的泳式有四：狗仔式、踩水車、打水鼓、撐昂船。

狗仔式是甚麼，相信無須多說；如果要說，就是「亂游」，像八仙過海那樣各施各法。踩水車，也並不新奇，就是讓身體豎直浸在水中，兩腳不斷踩水，不讓身體下沉。打水球的球員，衝刺、接球或撲球前一般都在踩水車。打水鼓呢，是俯趴水中，兩手同時後撥，前進時兩腳一上一下，在後面依次像鼓槌那樣蓬蓬打水，發出鼓聲般的巨響。至於撐昂船，則是未進化的背泳：仰臥水中，兩腿如青蛙腳那樣後撥，兩手向左右伸出來同時用力後撥。四種泳式中，撐昂船最省力，也最省氣；在魚塘中，我可以撐一下，停一下，一邊仰望着藍天白雲，既自在，又從容。打水鼓呢，有板有眼，可以讓我陶醉於自己所發的聲音；牛蛙在春草滿佈的屎氹裏鼓腮，其樂也不過如此。至於狗仔式，能讓我任意發揮，有自由創作的樂趣，也不怎麼遜色。四種泳式中，最冤枉是踩水車：耗力最多，却無寸進，又沒有肯定自我的中聽

聲音；無論踩得多起勁、多高明，都不過是衣錦夜行。

四種泳式雖各有長短，但是我全部兼收並蓄，同輩中無人可及。

再說木頭塘。木頭塘原是我們黃族作嵩公的產業。作嵩公傳到我的曾祖父，已分成四房。曾祖父是作嵩公嫡孫，木頭塘的產權，我家佔四分之一。[1]木頭塘東邊，靠南的一面有竹園，是三房二叔公築的；上面種菜，種番石榴（新興方言叫「花稔」），還種了一株未到結果樹齡的荔枝。竹園之東，也就是木頭塘東邊與井頭塘共用的塘基南端，有一叢簕竹，是祖父和他的堂弟（即我的叔公）共有。後來叔公、叔婆辭世，沒有子嗣，簕竹就全歸我家了。木頭塘西，與面前塘共用的塘基南端，有一棵新興香荔，由曾祖父種植，到了祖父一輩，已經果實纍纍，每隔一年就有收成。一樹的荔枝摘下來，可以盛滿好幾個大籮。自己吃不完，就賣給人家。荔枝樹下，有一個屎凼。這個屎凼跟香港人所謂的「化糞池」有很大的分別：香港的化糞池通常全是糞，一般都頗為新鮮，襲擊鼻子時特別凌厲。我們荔枝樹下的屎凼也有糞，但並不新鮮，經過長時間降解，其固有屬性已經退化，發出的氣味雖然仍臭，但習慣了鄉村生活的鼻子已大可接受。

我在鄉村長大，拾過豬糞、牛糞，也挑過大糞上田施肥，對眾糞的氣味所知甚詳，專業知識和鼻子經驗之豐富，

---

1　在人民公社制度推行前，大陸農民還可以保留私產。

不下於巴黎香水專家之於香水。以臭度劃分：貓糞、狗糞屬至臭一類；人糞次之；然後是豬糞；最不臭的是牛糞。貓、狗、人都吃葷，糞便的氣息特別兇。豬吃糠，吃潲水，糞便的氣息不惡；牛吃草，糞便的氣息最可親，一如其主人。由於這緣故，農民常用新鮮的牛糞塗在竹籮底部；牛糞曬乾後，籮底再沒有罅隙，盛穀麥時就一粒不漏。我家荔枝樹下的屎凼，主要貯豬糞、牛糞。豬糞、牛糞分解成各種化學物質，再加上雨水稀釋後，氣味已十分溫馴，我這個村童的鼻子嗅了也不以為忤；一場春雨或夏雨後路過，往往喜歡在旁邊停下來，看綠背或褐背的牛蛙在茂密的青草中鼓腮，發出和體積不成比例的巨響；既欣賞動物的生趣，也讚嘆上帝造物之神奇。

既然説到木頭塘基的屎凼，談談木頭塘基的廁所，就順理成章了。

鄉村的房屋簡陋，沒有抽水馬桶，大家都在房間的尿桶小便。至於大便，則有三個去處：巷裏、屋後、搭在塘基的廁所。尿桶所貯的尿用來澆菜、澆禾；大便也就是大糞，稀釋後用來澆禾、澆番薯或其他農作物。兩者都有價有市，比化學肥料安全，也比化學肥料肥沃。鄉下人在墟日賣了一擔大糞，收了糞錢，可以到鎮上買不少日用品。

再説農村大便的去處。

巷裏有人往來，只有嬰兒可以隨時使用。村中的媽媽從襁褓裏把嬰兒抱起來，用兩手叉開兩隻小脚，哼着催便

曲，嬰兒很快就會有反應，噼哩啪啦的拉滿一地。嬰兒方便完畢，媽媽就「噯——噯」地叫兩三聲——是真正的「叫狗」。叫狗者是媽媽，不是阿崩，因此不出數秒，就會有多隻黃狗、黑狗從四面八方飛撲而來，速度不遜於澳門逸園賽狗時灰狗逐電兔。說時遲，那時快，多隻餓狗已經在高速吞噬急舔，嗒嗒有聲。狗舌舐糞比布抹帚掃快捷，也肯定比布抹帚掃乾淨。一瞬間，地上的排洩物已像周邦彥筆下的春天：「一去無迹。」群狗飽餐後，就呀嘴舔唇各散東西，靜候村中另一位媽媽的「噯——噯」。村童理解「餓狗搶屎」這句成語時，有目擊景象為輔助教材，會遠遠勝過城中長大的孩子。

第二個去處要稍加說明。所謂「屋後」，僅指靠着屋背山而建的那一列房屋後面。這些房屋與屋背山相隔數米，中間的空地人迹罕至，叢生的雜草高達一米以上。在那裏蹲下，不會有人看見；方便完畢，留下的有機物很快就會有豬狗來善後。人畜互利，既衛生，又環保，是最早的循環再用。到這一去處方便的，都是婦女。

第三個方便處，是築在各條塘基旁邊的木水廁——下臨魚塘，是真正的「水廁」。鼎村的榕根塘基、井頭塘基、木頭塘基、面前塘基、長塘基、大塘基都有這樣的公共設施，給村頭、村中間、村尾的人方便。不過這類設施，顧客的性別不成比例：男廁是老少盛年咸宜；剛會走路的小男孩、挂着拐杖的老公公、犁田斬柴的小伙子，都是忠實的常客。光

顧女廁的，則幾乎全是小女孩或老婆婆。為甚麼有這樣的現象呢？看了下文，讀者就會明白。

所有木水廁，不管是男廁或女廁，都築在塘基中部或南端，遠離魚塘北岸的人家。這樣設計，是出於衛生考慮，避免讓夜香或日香在塘邊人家的飯桌上繚繞。

木水廁的結構大致如下：緊靠塘基和距離塘基三米左右，把幾根杉木椿打進塘中，出水的高度約兩米，分裏外兩排，每排寬約五米。兩排木椿上，鋪一個杉木板平台，再用長釘把平台釘在兩排木椿上。平台四邊，以多塊高約兩米的杉木板垂直圍繞，釘牢，成為四堵木牆。木牆之上加蓋。平台靠塘基的一邊，開四五個長方形洞口，寬約三十釐米，長約五十釐米，高出魚塘水面約兩米。長方形洞口兩邊，有高約一米半的杉木板分開，構成廁格，給進來方便的人一點點的私隱。這樣的廁格，每個木水廁共有四五個，每個容納一人。為了把木水廁築得穩牢，平台下有時會多加幾根木椿。這樣，一座木水廁就全部竣工。看到這裏，「心水清」的讀者也許會提醒我：「喲，漏了廁門。」答案是：「木水廁不需廁門。光顧木水廁的人一踏上杉木平台入口，轉左或轉右，就能進入廁格。一進廁格就有了「私人空間」。鄉下人所需的私人空間，跟城市人所需不同：城市人進了公廁，廁格要有一道門讓他關上，不讓別人看見他在廁格內的行動，儘管行動時各種滑稽的怪聲怪音會傳入外面的耳朵，廁門也關不住。鄉下人較城市人坦蕩：不但木水廁入口沒有門，即

使廁格，也屬「開放型」，是「無事不可讓人看」的格局。你要進木水廁最內格，首先會經過其他廁格，看得見一個、兩個、三個……顧客各據一格，蹲在裏面一邊抽煙，一邊享受減輕負擔的舒暢（夏天也讓肌膚享受魚塘的清風），並且用志不分，向魚塘展開高空轟炸，炸彈入水時咚咚有聲。

「這時候，身體最滑稽的部位全不設防，會不會被炸彈轟起的塘水濺濕呢？」你問。

不會的。木水廁的平台高出水面有兩米，投彈時濺起的水花，一般升不到這樣的高度——除非入水的炸彈屬罕見的超重型級數。在嚴冬，這樣的安全高度至為重要：廁客蹲在凌水的廁格時，塘面的寒風吹進廁格，身體不設防部位已經不好受；再遭上綻的水花濺濕，減輕負擔的舒暢就會大打折扣。

說到這裏，相信大多數讀者已經明白，鄉間婦女為甚麼寧願到屋背山麓的雜草叢下蹲，而不喜歡用木水廁了。不明白的，要聽我再打岔。

多年前，已經有人這樣形容港產片：「都是屎屎尿尿。」

甚麼意思呢？意思是：港產片裏面的角色，開口閉口都嚷着「急尿！」「急屎！」「屙尿！」「屙屎！」全部滯留在心理學所謂的肛欲期。

港產片這一風氣，由誰始創呢？大概是李小龍。李小龍在自編、自導、自演的《猛龍過江》中扮演香港新界的一個「鄉下佬」，到意大利打惡棍，找廁所時不說「廁所」，不

説「衛生間」、「洗手間」，却大呼鄉下人所説的「屎坑」。[2]在吳楚帆、白燕、張瑛時期的電影裏，這樣的詞語你不會聽到。

李小龍為了創造影片所需的藝術效果，言人之不敢言，言人之羞於言，開影片粗俗語的先河。龍迷周星馳，在一部接一部的「無厘頭」電影裏，把偶像的「口技」「發揚光大」。後來，其他港產片爭相仿效；流風所及，即使在大學的升降機裏，即使升降機裏男學生、男老師眾多，你也會聽到大學女生對友伴高聲大嚷：「尿急呀！」「我去厠咗尿先！」不過，某些詞語聽多了，耳朵就會習慣，感覺就會變鈍。大學女生以「尿急」、「厠尿」等詞語不斷疲勞轟擊大學男生的耳朵，到了最後，男生聽到女生嚷着「厠尿」時，聽覺神經已經變鈍，接收到的語意可能不再是「厠尿」，而是極其文雅的詞語（諸如「漱口」、「唱歌」），也未可知。至於像港產片演員那樣，開口喊「厠尿」，閉口喊「厠屎」的風氣是否值得提倡，則需另一篇散文闡發。

新興婦女，與發憤模仿「無厘頭」電影的大學女生比較，有同也有異。

新興人説話，提到生物功能、生物部位時照例不用婉語，却會「有碗話碗，有碟話碟」。新興人像上述大學女生

---

2 　新興人也説「屎坑」；不過屎坑與木水廁有別，提到魚塘木水廁時，都説「屎欄（唸粵語第一聲）」。但無論如何，新興人都跟李小龍「臭」味相投。

一樣，大庭廣眾前也不說「去洗手間」，而說「尿急」、「急尿」、「去屙尿」；同時也像某些港產電影中的演員那樣，一張口就說「急屎」、「屎急」、「去屙屎」。在鄉間，大人、小孩、男人、女人的詞彙完全相同；女人對老公是這樣說，少女對剛認識的男朋友是這樣說，女小學生對男老師也毫無例外地這樣說；由於她們一直如此，結果就像亞當、夏娃犯原罪前在樂園裏赤身露體，純潔不過；不像某些港產片的編導或某些大學女生，本已脫離肛欲期，卻突然展現返祖現象。此外，新興人不大說「肚」，更鮮說「肚子」，而說「屎肚」；不大說「肚痛」、「肚子痛」、「肚子疼」，而說「屎肚痛」。我們不必唸解剖學，也知道人類的肚子像其他動物的肚子一樣，內容完全相同，因此新興話最科學、最準確、最具體，視覺效果也最佳。這點，值得港產片編劇、導演以至上述大學女生借鏡。語言或文字貴乎精確嘛。「去洗手間」一類婉語吞吞吐吐，說者偷偷摸摸地做，卻不敢光明磊落地說，要大兜圈子；結果呢，聽者腦筋糾纏，按語索驥，兜完圈子後，腦中意識所面對的依然是同一事實、同一景象。因此，香港的「前衛」大學女生，此後不應該再說「肚」、「肚子」、「肚痛」，而要說「屎肚」、「屎肚痛」；也不要說「大肚婆」——「大肚婆」無疑夠俗、夠土，卻遠遠比不上「大屎肚婆」。

言歸正傳。

村中婦女，語言雖然開放，行為的豪放度畢竟比不上男人。《水滸傳》中，最豪放的英雌，不管是母大蟲顧大嫂

還是母夜叉孫二娘，要跟黑旋風李逵、花和尚魯智深比豪放，都肯定落荒而逃。鄉村婦女，無論如何坦率粗獷，也始終受矜持的底綫掣肘。

中國民間，不知是哪一個「壞鬼書生」，「靈感」來時作了一副名聯歌頌下蹲式廁所的「大能」：「天下英雄好漢到此彎腰屈膝；世間貞烈姑娘進來寬衣解裙」。[3] 對於鄉村婦女，「寬衣解裙」不成問題，反正路過的不會看見；但「寬衣解裙」後，想到緊接的行動，不管是細細柔柔還是轟轟烈烈，都會向路人洩露天機。這樣一來，未免有點難為情。結果村中的木水廁中，女廁始終是門庭冷落，顧客如非未懂事的小女孩，就是上了年紀的老婆婆。

男廁呢，却大不相同。成年男人進了裏面，馬上會大鳴大放，私事公辦，路過者都得而聽之聞之，有絕對的「知情權」。不過成年男人一般都不會節外生枝：一邊蹲着抽紙煙辟臭，一邊全神投入，享受重要的舒暢過程。（這項公事，結果和過程同樣重要。）事情辦完，廁板上蓬蓬響起幾下木屐聲，接着就會有一個男人走出來，一塊石頭落了地的輕鬆，在臉上表露無遺。小孩子進了裏面，固然像大人一樣求舒暢；不過求舒暢的同時，還會或寫或刻，在廁格的杉木板上留少作，詛咒村中的小仇家：村頭的扁鼻四「飲尿」，

---

3　嚴格說來，上聯「彎腰」中的「腰」字和下聯「寬衣」中的「衣」字都屬平聲，不符對聯的平仄要求。不過廁所文學不必用高雅文學的準則衡量，不然就食古不化了。

村尾的尖頭狗「吃屎」，村中間的高腳六也不能幸免——村中間的高腳六「含柒」（唸粵語第六聲，新興話唸 tsɔk⁹）；⁴複雜一點的主觀判刑，還會一矢雙鵰，把男女小仇家生拉硬拽地撮合：大眼八同妹仔二XX……都是《康熙字典》裏找不到的字……一邊留少作，一邊讓胯下帶黃的銀河自九天下射。小孩子不像老人家，膀胱的彈性特別大，前列腺的體積特別小，下射的銀河自然勁道十足。銀河落九天之前，高空轟炸已展開……第一顆炸彈咚然觸水時，由於水花和廁面有安全距離，通常不會濺濕他們頑皮時捱打的部位。説時遲，那時快，漣漪剛展，水花甫落，幾十條青黃色的鯇魚和銀灰色的鯿魚已經從四面八方潑刺刺擁游而來，泳速比奧運男子組五十米自由式的健兒還要迅疾……瞬間就把棕黃色的小型深水炸彈吞得無影無踪，效率遠高於一聞「噯——噯」就從巷頭巷尾飛撲而來的餓狗。

　　魚有魚的記憶，知道塘中哪一個方位是高空轟炸的地點；何況魚頭出水、魚眼仰望的俄頃見過無數小孩頑皮時用來捱打的部位，有美麗的聯想，夜裏在水中也會夢見。因此

---

4　新興的小孩有一句近乎口頭禪的粗口（出自天真小孩的口中，也不算粗；大人聽了，反而會莞爾）：「含 tsɔk⁹ 嗎？」。這句口頭禪，不像「喝水嗎？」「要幫忙嗎？」一類開放式疑問句：「喝水嗎？」「要幫忙嗎？」一類疑問句，聽後可以答「喝」或「不喝」，「要」或「不要」；新興小孩説「含 tsɔk⁹ 嗎？」時，所用是修辭學所謂的反詰（rhetorical question），不給聽者選擇的自由，就像周星馳的「你講嘢呀（唸粵語第六聲）？」周星馳説「你講嘢呀」時，等於説「你在吹牛」；如用無厘頭電影流行前的粵語修辭法，等於説「你滾我呀（唸粵語第六聲）？」（有的香港人也説「你坤我呀？」）新興小孩説「含 tsɔk⁹ 嗎？」，等於香港人説「你就想囉（唸粵語第三聲）！」或「唔好發白日夢啦（也唸粵語第三聲）！」

木水廁之下的水域最多魚兒出沒。一有動靜，就成群疾射而來。有時候，即使往水中投一塊石子，群魚也一樣應聲來趨；發覺食了「詐糊」才失望地散去，並且大嘆「冇癮」。看見群魚共聚，充滿期待地等候施捨，居高臨下的小孩可樂了；他們馬上會精確地控制括約肌，在舒張收縮間調校炸彈的大小短長。下望一張張嗷喋上仰的魚嘴露出水面，如萬民嗷嗷待哺，小孩子就會變成一個個沖齡登基的小天子，按個人的愛惡施恩；有時像密集轟炸，普濟爭先恐後的群嘴；有時如激光導向，把最長的炸彈送進天選的喉嚨。如此寓娛樂和環保於排洩，城市人是望塵莫及的。城市人上廁所，百無聊賴中要坐在馬桶上看書、看報、抽煙。抽煙過多的煙鏟，飲酒過多的酒鬼，如果不吃蔬果，大腸就會壅塞如城市上班時堵車的街道。這一刻，他們就會明白，香港著名的「抵死」謎語是甚麼意思：首先是「史太龍」，然後是「曼谷」，最後是「忽必烈」。[5] 鄉間孩子，三餐以米飯和蔬菜為主，上了廁所，交通絕不堵塞，好戲會一氣呵成。

---

5　不懂香港話或未聽過這謎語的讀者，在此要看注釋，以輔助閱讀。謎語叫《便秘三部（步）曲》：第一部（步）：猜一部動作片男影星的名字。謎底是「史太龍」（英語 "Stallone"），即「屎太濃」的諧音（許多香港人發音時詞首輔音 /l/ 和詞首輔音 /n/ 不分，因此在這些人的發音中，「龍」、「濃」諧音，都唸 /lun⁴/）。第二部（步）：猜亞洲一城市名。謎底是「曼谷」。「曼」、「慢」諧音。「谷」，香港話，指大便有困難（如便秘）時用力排便。第三部（步）：猜元朝一皇帝名。謎底是「忽必烈」。俚俗的香港話稱肛門為「屎忽」（寫得正確點應該是「屎窟」）。「烈」，與「裂」諧音。因此，「忽必烈」指「肛門必裂」。整個謎語的意思是：便秘的人會「屎太濃」；「屎太濃」就得「慢谷」；「慢谷」的結果是「忽必烈」（屎忽必裂，也就是肛門必裂）。由於有三個步驟，所以叫「三部（步）曲」。這「抵死」謎語極富創意，是民間「智慧」的體現。

我不厭其煩，岔外生岔，注中加注，細描鄉間魚塘的木水廁以至廁中情景，是因為不曾在鄉村生活過的讀者，不可能想像我小時候游的是甚麼泳池。

這樣的泳池，給童年的我帶來許多歡樂。不錯，我的泳池沒有濾水設施，沒有氯氣或臭氧溶在水裏殺菌消毒。浸在塘水裏，不管是木頭塘、面前塘、井頭塘、榕根塘、長塘、大塘，等於浸在稀釋的尿液裏，不管稀釋度是百萬分之一還是千萬分之一。此外，游泳的人，除非頭顱自始至終露出水面，否則唇會沾水，口會喝水。也就是説，我在魚塘游泳時，不知喝過多少尿，包括成人尿和童子尿。至於糞便，危險則小得多。首先，無論在哪一個魚塘游泳，我都會遠離木水廁，因此聞不到炸彈散發的氣味。至於投彈者展開高空轟炸時在裂帛擂鼓呢，還是雅奏絲竹管弦，在遠處水域悠然自得、撐着昂船的我更無從得知。

絕大多數的讀者，在衛生水平達世界標準的香港長大，看到這裏也許會皺眉，渾身起雞皮疙瘩。

其實，我的處境要比讀者的想像好一些。首先，我最喜愛的泳池是木頭塘。這個泳池特別深，也特別廣，西邊的塘基雖有男廁、女廁，但是以農村的標準衡量，其水還是可游可泳的。原因有四：第一，木頭塘水多，尿液一旦與塘水相混，就會大大稀釋。第二，魚塘中的鯇魚和鯿魚雖然以青草為主要食料，見到糞便，却絕不放過。鼎村魚塘的水面會有魚糞，却絕少人糞；即使有，很快也會被冒出水面的魚

嘴唊地吞去。（鼎村魚塘的這一絕，我見過不止一次；給我記憶之深，不下於日後西湖的南屏晚鐘。）鯇魚、鯿魚，是高效率的清潔工人，能保持泳池清潔。第三，鼎村的八個魚塘，都有水閘去水，調節魚塘的水量，同時也讓污染物流出溪澗。第四，下雨時，巷水或屋背山瀉下的大量雨水會流入塘中，稀釋塘中的污染。由於這緣故，魚塘不但不太髒，還頗有田園風味；尤其在春雨後，「池塘生春草」的景象隨處可見。春草外，還有綠色的浮萍在塘角覆佈。這時，你常會看見一隻翠鳥懸垂在魚塘上空，白頰白喉，肩背的蒼翠和暗綠向藍天靜展，黑褐的翅膀急扇，水凝山寂間突然以九十度直角如閃電下擊……越水而去時，長喙已叼着一條肥美的塘魚。這隻統御魚塘的飛禽，我們在鄉間不叫「翠鳥」，而叫「釣魚郎」或「水 den¹nen¹」，其中以兒語水 den¹nen¹ 一名最普遍。水 den¹nen¹ 不在空中懸垂時，常會棲息在塘邊或塘基的木樁上，以驚人的耐性監視塘中動靜；一見魚蝦浮近水面，就霍地向獵物激射，命中率幾達百分之一百。

　　到了木頭塘，我通常會在村子瀕水處下水，一直游到魚塘另一邊的竹叢和雜樹叢，夏雨後喜歡駐足淺水處，在牽牛花和雞蛋花香下聽八哥啼叫，畫眉囀鳴，然後游回村邊。如果塘中有棺材板漂浮，我會重溫第一次撐棺材板的經驗。這時，我已經是阮小二，再不怕失去平衡摔進水中險死；反之，我會撐着塘中唯一的獨木舟從東邊撐到西邊，從南邊撐到北邊，自信而從容。有時候，我會趴在棺材板上，以雙手

向後撥水前進。有時也會跳進水中，上身伏在棺材板上隨塘水漂浮。讀者看到這裏，也許會問，魚塘不是河流，不是大海，棺材板浮在上面也會漂嗎？會的。即使盛夏，也常有習習清風吹過魚塘。這時，塘中的棺材板就會漂動，或漂向木水廁，或漂向南邊雜樹下綻放着白花的田田浮萍。我在塘中漂浮，左右會有鴨子來回游弋，一派逍遙，跟沒有機心的小孩一起樂水。

木頭塘中，我的游伴頗多。水缸事件中的三朱和火陽，還有年紀相若的其他村童，都常常跟我一起嬉水。我們會在塘邊各就各位，聽另一個小朋友一聲令下，奮力向塘中心衝刺，看誰游得最快。每次狗仔式泳賽中，第一個到達終點的都是我。

以狗仔式賽速度、賽距離之外，我們還會化為小青蛙賽潛水：大家在塘邊一口氣潛入水中，看誰潛得最遠。這樣的比賽，可以讓我們練習屏氣。年少時，我靜坐屏氣的紀錄是一分五十三秒。在木頭塘潛水，要手足並用，耗去許多氧氣，屏氣的時間自然達不到紀錄。不過我在塘邊鑽入水中，很久很久，水面都毫無動靜，陸上的人只看見一塘綠水，不見我的踪影；首先是納罕，繼而是擔心，以為我出了事……。突然間，塘的中央冒出阮小二，緊張的小朋友才會鬆一口氣。

鄉村的魚塘不像香港的泳池，水中沒有能見度可言。潛進塘中，睜開眼睛，甚麼都看不見。此外，鄉間沒有泳

鏡；我們雖然是莽撞村童，毫無見識，但也知道塘水不若井水、溪水、河水乾淨，潛水時都會閉上眼睛。至於在水底潛泳時潛哪一個方向，沒入塘水前我們都先會縱目四顧，判定潛泳的路綫。

潛泳時看誰潛得遠，是潛水比賽的項目之一。項目之二，是抓塘泥。鄉間的魚塘，水底一般呈鍋形，四邊淺，中間深。至於是緩緩深入還是突然急降，則因塘而異。鼎村的魚塘中，木頭塘和面前塘最深，而且深得最陡。不諳水性的小孩在塘邊嬉水，一不小心，就會足不着地，跌入水深處遇溺。不過，木頭塘、面前塘雖然深，靠近村子的塘邊仍有一兩米的緩衝地帶讓村民洗竹籮、洗尿桶，或在大除夕前洗家具。緩衝地帶的塘底一般都是沙；深水區呢，則全是厚達一米的污黑塘泥。塘泥污黑，證明塘水不潔淨。以香港的衛生標準衡量，塘泥等於香港溝渠的污泥，水退時露出來，行人見了會掩鼻，並趕快離開。在鄉下，塘泥却是肥料，是農民的恩物，撒落水稻田或莊稼地，水稻、白菜、菜心、芥菜、苦瓜、茄瓜、葫蘆瓜、玉米、番薯、豆角、桑麻會長得特別茂盛。因此每年冬天，村子乾塘捕魚時，村民都會趁便挖塘泥。

對於我們，塘泥有另一作用：給我們戰利品。我們會游到魚塘中央，聽一聲令下，就像鴨子那樣，頭顱向前一傾，小屁股向天一翹，頭下脚上，拚命向五六米的深處划潛。這一比賽，遠遠難於賽距離。賽距離時，即使得不到

冠亞季軍，也能沒入水中潛他兩三米，肺中氧氣將盡時冒出水面，仍能讓友伴知道，你剛才潛過水。抓塘泥呢，完全是另一回事。氣，固然要屏。但屏氣後，你可能徒勞，因為塘泥沉澱在五六米的塘底，你潛得越深，塘水的浮力越大；潛了一兩米，塘水的浮力已把你推回水面。本領高一點的，可能潛到四米時屏不住氣，要急急冒出水面換氣，結果也是功虧一米，抓不到塘泥。曾在香港維多利亞公園泳池游泳的人大概都知道，在跳水台那邊的深水區，要潛到池底有多困難。不過在木頭塘，水的深度和浮力都難不倒我。每次比賽抓塘泥，我冒出水面時手中都有黏滑污黑的戰利品向友伴炫耀，而且抓得最快。看大多數友伴空手冒出水面，我的虛榮心就得到極大的滿足。

說了這麼久，還沒有說鄉村小泳客的「模樣」。當時我們不過七八歲，尚無城市的文明薰陶，加以鄉間物質匱乏，在塘中、溪中、河中游泳，一律奉行天體主義。女同學在塘基上經過，我們不會感到難為情，也不會害羞。有時候，我們甚至會一絲不掛地跳出水來，站在塘基，面對女同學跟她們閑聊。一群小亞當未吃禁果，自然都「思無邪」，裸泳時如鳧如鷗，如鴨如鵝了。

自一九五八年離開鼎村返回出生地香港，迄今已有五十七年。近年在香港和多倫多安全衛生的泳池來回游弋，有時會莞爾，想起多年前木頭塘的游伴——翠鳥、鴨子、鯰魚、鯿魚、棺材板、塘泥、水廁、糞溺。

# 螞蟥

在鄉下游泳，最大的敵人是水蛭。

上海辭書出版社的《辭海》一九八九年版這樣介紹水蛭：

水蛭（Hirudo nipponia）〔，〕也稱「醫蛭」，全稱「日本醫蛭」。蛭綱，水蛭科。體狹長，背腹稍扁平，後端稍闊，長達六釐米，寬達八毫米。背面黃綠色，有五條黃白色縱紋，中央一條較寬；腹面暗灰色。在水中以肌肉伸縮而作波浪式游泳，在水中物體上則以吸盤及身體伸縮前進。水田、湖沼中常見。吸食人畜血液。另種歐洲醫蛭（H. medicinalis），習性相同，古時醫學上用來吸取膿血。水蛭唾液中所含的水蛭素，能抑制凝血酶的活性，對血液起抗凝作用。蟲體乾燥炮製後入藥，性平、味鹹苦，有小毒，功能破瘀通經，主治血瘀經閉、癥瘕積聚、蓄血等症。[1]

---

1　引文稍有改動：簡體改為繁體；阿拉伯數目字改為漢語數目字。

不過新興人名物時沒有動物學家那麼精細，一致稱水蛭為「螞蟥」。在動物學標準用語中，「螞蟥」有兩種意思。再看《辭海》「螞蟥」條：

螞蟥〔，〕（1）蛭綱動物的通稱。參見「蛭綱」。（2）指金綫蛭（Whitmania）。蛭綱，水蛭科。我國常見的寬體金綫蛭（W. pigra），體略呈紡錘形，扁平而較肥壯，長達十三釐米。背面通常暗綠色，有五條黑色間雜淡黃的縱行條紋。前吸盤小，口內有齒，但不發達。在我國分佈很普遍，水田、河湖中極常見，捕食小動物。雖能刺傷皮膚，但不吸血。蟲體乾燥炮製後入藥。

新興人見了水蛭，都稱「螞蟥」；也就是說，新興人口中的「螞蟥」，並不是金綫蛭。鄉間的螞蟥，通常在稻田、溪澗、山塘、魚塘出現。稻田無人播種、插秧或薅草時，通常水清見底，螞蟥出現時清晰如標本。稻田的螞蟥特別餓，農夫不以為意踩進水中，螞蟥就迅速游來，緊附在小腿上吸血。農夫覺得小腿痕癢、刺痛時一看，見螞蟥在用膳，如果用力把螞蟥扯脫，傷口會流血不止。這時，如果把生石灰撒在螞蟥吸盤處，螞蟥就自動脫落。不過正如《辭海》引文所說，「水蛭唾液中所含的水蛭素，能抑制凝血酶的活性，對血液起抗凝作用」。螞蟥脫落後，傷口的血不易凝結。對於這樣的吸血鬼，農夫的復仇方法是把它丟進生石灰中。螞蟥

落入了生石灰，很快就會死亡。

人體或畜體吸引螞蟥，是因為螞蟥對體溫有高度敏感呢，還是因為田水波動，招來螞蟥，有待進一步研究。鄉間的稻田，尤其是未經施肥的瘦田，也許因為田水特別乾淨，最適宜螞蟥繁殖。在這樣的瘦田裏，常有成群浮游的小螞蟥，細小如一二釐米的螺絲。這樣的螞蟥群，新興人叫「螞蟥花」。見了螞蟥花，農民就頭痛。農民耕作時不但赤腳；為了方便在泥深及膝的水田幹活，還要把褲管捲起，露出小腿和大腿。這樣耕作，要應付螞蟥花殊不容易。

面前岡麓的小溪也有螞蟥。不過溪水流動，螞蟥不易止息。溪邊的水草叢，偶爾會有一兩條，但涉水而過，赤足停留在水中的時間短，招引螞蟥的機會不大。不過盛暑中挑完禾，由於溪水特別清澈涼冽，有時喜歡在溪裏浸一會。偶爾不夠警惕，也會慷慨地餵飼螞蟥而懵然不知。

山塘的螞蟥也多。不過鼎村的山塘在村尾以外的山坳中，頗為偏僻，很少到那裏游泳，也就不大跟那裏的螞蟥「打交道」了。

給我印象最深的螞蟥，都在村邊的魚塘，尤其是勞氏宗祠外的面前塘和黃家靜安書房前的木頭塘。面前塘的西南角，是村民犁田完畢，讓水牛喝水、休息的地點。水牛到了那裏，既會喝水，也會拉屎、拉尿。拉屎、拉尿完畢，就會在淺水處俯趴着反芻，或橫渡魚塘。牛而冠以「水」字，自然入水能游了。面前塘的深度，在鼎村諸塘中位列第二，僅

次於木頭塘，最深處也有四五米，足以讓水牛暢泳。因此，鼎村的炊煙從灰瓦、黑瓦、褐瓦升起時，田上歸來的水牛，一頭、兩頭……七頭、八頭會同時從西南角的塘基向北游向勞氏宗祠那邊。這時，如果你站在勞氏宗祠前面，會看見群牛悠然自得，緩緩向你游來，牛足、牛身全浸在水中，綠水中只露出牛頭和灰黑的牛背。然而，這充滿田園風味的一刻，也是螞蟥飽餐的良辰。結果水牛在塘邊登陸時，你往往會看見水牛的身體緊附着一兩條螞蟥，身體吸滿了牛血，脹鼓鼓的，又圓又粗，再不能以「背腹稍扁平」一語來形容。有時候，螞蟥吃得太飽，脹鼓鼓的從水牛身上掉下來，憤怒的農夫就會用石頭向螞蟥狠砸，砸得滿地牛血，沙土都染得鮮紅。不過螞蟥皮十分堅韌，被石頭狠砸也不會死去。有的水牛，身體緊附着螞蟥，遭螞蟥的利齒咬得又癢又痛，用牛尾拂打，又不能把螞蟥從牛皮上拂脫，就特別可憐。這時，我會忍不住走過去，把螞蟥從牛身上搣下來。[2]螞蟥搣走了，牛皮仍會滲着血，傷口仍清晰可辨。一條數釐米長、數毫米寬的螞蟥，竟能把堅韌的水牛皮咬破，再分泌唾液，用水蛭素抑制凝血酶的活性，使牛血直流不止，以方便「進餐」，不禁叫我覺得，動物百萬年千萬年的進化，也真夠詭異殘忍。

螞蟥的厲害，我自然領略過。在魚塘游泳，上水時不

---

2　粵語較常用的「搣」字，最能形容此刻的動作，因此這裏不用「拔」。

止一次發覺螞蟥緊附在小腿或大腿上「磨牙吮血」。這時，我會起心理疙瘩。在人類進化過程中，大自然要我們對有害的蛇蟲產生恐懼、驚悚、噁心等負面感覺和情緒，大概是為了保護我們，要我們避之或殺之。我在鄉村生活時，見了百足和螞蟥，[3] 都會起心理疙瘩。然而，我之所懼所畏，却是雞鴨之所喜所嗜。無論是公雞或母雞，見了百足，就會急步衝上去，一啄一仰首，脖子起伏一兩下，百足就滑入了雞胃，成為營養豐富的食物。鴨子吃螞蟥，比雞吃百足更有把握：見了螞蟥，馬上會大搖大擺，幾個鴨步衝前，闊喙一張一夾，再搖一兩下小頭顱，螞蟥就滑入消化力特強的鴨胃。我見螞蟥黏膚，心理疙瘩未平伏，會慌忙把它摵掉擲在地上。鴨子見了，就會行俠仗義，骨碌碌把螞蟥吞掉，恍如吞食美味的瀨粉或意大利粉——是惡有惡報，也是一物治一物。

讀者也許會問：「你這個小水妖，在塘中游動，螞蟥怎能黏到你身上？」

問得好。在魚塘迅速游動時，無論是狗仔式還是打水鼓，螞蟥的確近不了我。但魚塘中的我，有時會踩水車，有時會撐昂船，有時會在淺水處嬉水，有時——啊，是螞蟥偷襲的最佳時機——會趴在棺材板上休息或聊天。這時，腰部以下都浸在水裏，一動也不動，怎能不招引嗜血的螞蟥？

---

3　新興話所謂的「百足」，其實是標準動物學中的「蜈蚣」；新興話所謂的「蜈蚣」又另有所指，與標準動物學中的「蜈蚣」有別。

# 洗身

　　我的《水經》注到這裏，「游泳」一詞，不知用了多少次了。其實，我的用詞並不準確，因為小時候在新興，地道的新興話沒有「游泳」一詞。新興人說「游泳」，是受了國語（普通話）影響；說「游水」，是受了廣州話、香港話影響。

　　「太誇張了吧？連『游泳』也不會說？」有的讀者可能將信將疑。

　　在上世紀五十年代，較有知識的新興人大概會聽過「游泳」一詞，但尚未把它吸納、消化，也就是說，未把它變成主動詞彙（active vocabulary）的一部分，說話時不會用它；即使着意用，也會覺得不自然，或者怕同鄉訕笑，說他「鬧」（唸粵語第二聲）或者「鬧（唸粵語第二聲）色水」（意思都與香港話的「演嘢」、「扮嘢」差不多，大約等於英語的 "show off"）。那麼，地道新興話怎樣說游泳呢？我小時候的新興話，嚴格說來，還沒有「游泳」這一觀念。「游泳」這一活動，在新興人的心目中，通常在游泳池進行，有比賽、鍛煉身體、鍛煉體魄、橫渡某某海峽等聯想。說地道國語的人，在江河、湖海、溪澗、水庫、魚塘進行類似的活動時，也會說他們在「游泳」。當然，「游泳」也是消遣、自娛的一種方式。

好了，我童年的新興話沒有「游泳」這一概念。那麼，小時候在魚塘、山塘、河溪的水中活動，新興話怎樣說呢？新興話說「洗身」。中國其他地方，有沒有指涉完全相同的「洗身」一詞呢？我沒有考證過。不過新興話的「洗身」，極富地方色彩，標準香港話、標準國語都獨付闕如。

幾年前，在中文大學下課，別系的一位女同學走過來問我：「黃教授，你是新興人嗎？」我說：「是呀。」當時我想，這位同學大概看了我某本書封面摺頁的作者簡介，知道我與禪宗六祖慧能的祖籍相同，因此也不感意外。這位同學沒等我進一步回應，就繼續說：「你在散文《龍船水》裏，提到小時候在魚塘、河溪裏『洗身』，所以我猜你是新興人。我也是新興人。」

與同屬廣東的南海、番禺、順德、台山、肇慶、中山、珠海、潮陽、佛山等大縣、盛邑比較，新興是真正的窮鄉僻壤。初識朋友，互相介紹時互道祖籍，朋友的祖籍對我而言都如雷貫耳；北京、上海、廣州、西安、洛陽、成都等名城不必說；即使韶關、臨潼、汜水、滎陽、金華、山陰、廣元、天水、臨汾……也金聲玉振。輪到我報祖籍，朋友都會茫然問：「新興？新興在哪兒？」這時，我就要附盛邑的驥尾，把多年來一用再用的「新興指南」重複：「肇慶再去。」唯一的例外，是一九七四年在新亞書院認識的一位白皮膚美國同事。他聽到「新興」二字，沒有用英語問我：「新興？新興在哪兒？」反而向其他廣東同事解釋：「啊，肇慶

再去，靠近廣西。」原來這位同事是語言學家，正在研究新興方言。剎那間，我有他鄉遇故知的喜悅。至於「洗身」一詞，讓我三十多年後在中大認識一位年輕的同鄉，更要記新興話一功。

洗身是我童年的至愛和至樂；到了香港，進化為游泳，在中學和大學時期賜我輝煌，滿足年輕人難免的虛榮心；大學畢業，開始工作，則為我減壓，助我逃過「中大」和「五十肩」這兩個中年厄運；[1] 退休後到了多倫多，仍繼續為我保持食欲，保持正常的脈搏和血壓。然而，洗身却是我在鼎村時期母親的至畏。其實，有這一至畏的，也不止母親一人；村中所有兒子的母親都聞「洗身」而色變。為甚麼不説「所有女兒的母親」呢？因為女孩子比男孩子乖，絕少洗身——或者應該説，從來不洗身。

母親生了四個孩子。姐姐為長，哥哥次之，在我之後，還有一個妹妹。哥哥和妹妹早夭，剩下姐姐和我。姐姐懂事，從不給母親煩惱；我不懂事，給母親的煩惱最多。煩惱之源，是我的洗身之癮。「水缸事件」之後，知道身體浸在水中有多舒服；「棺材板事件」之後，不但沒有患恐水

---

1　「中大」，是我在中大（香港中文大學）聽來的妙語，指「中」間或「中」央（腰圍）肥大，也就是中年發福，身軀中部出現肚腩。「中大」，英語叫 "middle-age spread"。「肚腩」，英語叫 "paunch"（一般譯「（尤指男人的）大肚子」，「啤酒肚」）。據説可口可樂每天在全世界的銷量超過十九億瓶／罐。現代人每天吸收的糖分多，出入經常開車，不喜歡走路，坐的時間長，又缺乏運動，不必考大學入學試，就會獲「中大」錄取。

症，反而進入童年洗身史的「盛唐時期」。一般洗身，都在村中的魚塘；盛夏在禾地打完穀，或從水稻田挑完母親割下的禾，也喜歡在溪中尋求至樂。小溪從布坪那邊的大山流來，特別清涼；雖然不深，不能讓我足不着地，暢游狗仔式或撐昂船，却能立刻給我的肌膚降溫。在小溪洗身，母親不會反對，因為小溪最深處不過一米左右，不虞沒頂。那足以淹沒幾個兒子身高的木頭塘或面前塘，才是母親的大忌。鄉間的母親怕兒子洗身，都會向兒子講述未經科學驗證的傳說：「在魚塘或河裏洗身，螞蟥會鑽進耳朵，在裏面吸食腦漿的。」這一傳說夠恐怖，我聽了也有點顧忌。不過顧忌歸顧忌，洗身之樂足以克服顧忌之心而有餘。螞蟥之外，母親還會跟我述說，村中某某人的兒子，七歲那年在榕根塘淹死；某某人的長男，十一歲那年在木頭塘遇溺，救上來呼吸微弱，放在牛背上，胸腔貼着牛背，吐了許多水，最後仍然失救。這一「口述歷史」當然可靠；善於講故事的母親說時會用點文學技巧，加強其警戒作用。我們村中，還有「水鬼點燈」的說法。黃昏時，西斜的太陽射過村中的魚塘；一陣風起，塘水的微波閃爍發光，晃漾不定，村人就稱為「水鬼點燈」。

不過很可惜，村中小孩遇溺的故事和「水鬼點燈」的傳說對我完全起不了阻嚇作用；趁母親去了水稻田或莊稼地開工，我總愛跟村中的小朋友在魚塘洗身。同屬作嵩公一族的二叔婆，年紀已過七十，不用開工，見姪孫不怕螞蟥，不

怕水鬼，在木頭塘中央載沉載浮，就會隔着遼闊的塘面大聲
呼喊：「你呢個大虐（約等於國語的「孽障」），仲唔上水！
你媽媽回來，我會講佢知！」見「恐嚇」無效，就會使出「絕
招」：龍龍鍾鍾走到塘邊，彎腰把我下水前放在那裏的褲子
拿走。這一招生效了⋯⋯七八歲大的姪孫，在水深處遠遠
看見二叔婆拿走了褲子，就會以狗仔式最快的速度向塘邊
衝刺（這時，優悠的撐昂船或打水鼓都不管用了），踉踉蹌
蹌，赤條條衝出魚塘緊追二叔婆，邊追邊嚷：「二叔婆！二
叔婆！以後唔敢嘅。」以諾言取回了褲子穿上⋯⋯此後，這
個姪孫有沒有履諾呢？沒有。母親見我怙惡不悛，曾多次
施以體罰，效果也很短暫。現在回顧，覺得母親的體罰完全
有理。首先，她的四個兒女，已經有兩個遭死神搶去，見我
屢向死神挑戰，用盡方法都不能令我改過，心中慌惶可以想
見。第二，母親不諳水性，奉生產隊幹部之命跟其他女社員
一起在木頭塘挖塘泥，衫褲盡濕，塘水浸到胸口，雙腳站不
穩，人要浮起來，就會驚恐莫名。在母親的年代，婦女諳水
性（新興話叫「熟水」）的罕如麟角，母親自然也不會游泳。
那麼，在這樣的環境長大，見兒子「唔識『死』字點寫」，其
急憤無奈可以想像。幾十年後「檢討」，完全支持母親體罰
上世紀五十年代那個冥頑不靈的傢伙。這個傢伙叫母親無限
操心，此刻對當年無計可施的母親深感歉疚。

不過，每年到了五月初五端午節，母親會一反常態，
准許我到河中洗身——不但准許，而且鼓勵。原來鄉下人都

相信，端午節的龍船水最吉利，能祛除百病，洗了會終年健康。所謂「龍船水」，是指河水，不是溪水、澗水或塘水。端午節始自屈原殉國的忠義；屈原自沉於汨羅江，受其忠魂保佑的自然是江河而不是溪澗、魚塘了。

# 東門河

「一條大河波浪寬，風吹稻花香兩岸。我家就在岸上住，聽慣了艄公的號子，看慣了船上的白帆⋯⋯」

煽動感情者莫若音樂。不是嗎？一首《國際歌》，就征服了半個地球。上引的「大河歌」，在上世紀六七十年代也迷倒了不少香港青年，在他們懷中勾起浪漫的情思，叫他們迷迷糊糊，走向大寨、大慶、小靳莊，成為聶元梓、蒯大富、韓愛晶、宋要武的好兄弟、好姐妹⋯⋯到他們從譫妄中清醒過來，回得頭來，已是百年之身了。

這些香港青年，有點像《紅樓夢》第十五回所描寫的寶玉，身處綺羅之鄉，安享榮華，一切都玩膩了，送殯後出城，跟鳳姐、秦鐘來到莊農人家，初嚐田園風味，竟覺一切新鮮，一切好玩，一切都引人入勝。「凡莊家動用之物，俱不曾見過的，寶玉見了，都以為奇。」不過寶玉沒有走向大寨、大慶、小靳莊；寶玉郊遊完畢，就返回榮國府繼續過原來的生活。——寶玉沒有賤骨頭。

我不是寶玉，不覺得城外的郊野新鮮，因為我在郊野長大，遠離榮國府；更不是上世紀六七十年代香港的「進步」青年，聽了「大河歌」就奮身投入「大時代」和「革命洪流」；在人類史上最大的騙局中失去了靈魂，還以為自己在

頂天立地，是正義化身，在幹着轟轟烈烈的偉大事業；因為，不足兩歲，「我家就在岸上住，聽慣了艄公的號子，看慣了船上的白帆⋯⋯」。當然，「文革」時期，我也沒有像香港的「浪漫」青年，跟隨山西省昔陽縣大寨村支部書記陳永貴的鋤頭起舞，因為我小時候扛過不少鋤頭。我的鋤頭，足以抵消陳永貴鋤頭的魔力。

該言歸正傳，談談鄉間那條「波浪寬」的大河了。

新興的主要河道叫新興江，由南向北流，最後滙入西江。西江吸納了新興江等眾水，繼續向東，滔滔向珠江奔騰。每當我佇立在廣州海珠橋那裏的珠江畔，細細聆聽，總聽到新興江的水聲，也聽到最熟悉的一個村童在江上無忌的笑聲。

新興江流經城關鎮（以前一般人叫「新興街」，現已改名「新城鎮」）的一段，新興人叫「東門河」。遠在明、清，城關鎮是典型的中國城池，有城牆周匝，東、西、南、北各有城門。新興江由南向北，流經城關鎮的東門，所以這段河道叫「東門河」。東門河有石橋橫跨東西兩岸，叫「東門橋」，長百多二百米，由多個矗立在水中的巨石橋墩承托。橋墩長約十米，寬約四米，南北兩端緩緩下尖，稱為「鯉魚嘴」。春汛來時高出水面四五米。冬天，河水的流量減少，東邊的河床有的地方會乾涸，露出潔白的河沙。這時，我會看見橋墩礎石深埋在河沙中，也看到高達十一二米的多座橋墩。橋面由一塊塊寬半米、長三米、厚二三十釐米的麻石平

排鋪砌而成，中間有罅隙。在上面走過，可以看見下面的河水。石橋左右沒有圍欄，不諳水性的行人不幸跌進河裏，會遭波臣召去。洪水泛濫，河水會迅速上漲，水勢特別凌厲時幾乎可以漫過橋面。這時候，在七八米寬的石橋上走過，會看見黃浪如萬馬奔騰從南邊滾滾湧來，響徹兩岸，接近石橋時由於橋墩把流幅收窄，水流會急劇加速，揚着黃鬐向石橋直撲，剎那間竄進橋底，嘶叫着咆哮着向北邊的下游轟轟電射。東岸到西岸百多二百米的距離，這時就會像莊子所說：「百川灌河。涇流之大，兩涘渚涯之間，不辨牛馬。」平時，一個個向南的鯉魚嘴，把迎面沖來的河水分劈；向北的，則讓河水在兩側沖過，在尖削處隆然相撞再狂奔向下游；這時却全部沒入了水中。五十年代初，石橋上面鋪了杉木板，板上髹了瀝青，以防蟲蛀。橋面擴闊了，能讓汽車從西岸的新興街駛向東岸，馳往更遠的山區；橋的兩邊也有了圍欄，行人在上面走過，無論是河床乾涸還是河水泛濫，都安全多了。

　　東門橋從西邊橋頭直去是水街，穿過環城路再去是東街；東邊橋頭直去，是一條泥鋪的公路奔馳向東；再去六七公里，是三四十度的陡坡望祖嶺。汽車轉輪維艱、氣喘吁吁爬上了望祖嶺後，再去數公里是東瑤；過了東瑤，還可以馳向更遠的村落。東門橋上游，西岸是鎮上瀕水的住戶和商店。靠近東門橋的瀕水人家，都喜歡在橋頭下洗衣、擣衣。沿上游南去，過了城關鎮和東山廟橋，你會看見一望無際的

水稻田，每年禾熟時金浪翻湧，嘉穗的穀粒粗壯而飽滿，把億億兆兆的禾莖壓彎，叫人想起過年時貼在門上的年畫：兩個胖乎乎的嬰兒，各抱一捆長着纍纍嘉穀的禾穗，臉上露出天真的笑容。這裏，就是全縣知名的鳳翔里。

鳳翔里跟我有密切關係。十歲那年，曾經和班上同學跟隨全校老師到那裏幫農民收割。我在鼎村的水稻田插過秧，施過肥，薅過草，割過禾，知道甚麼是肥沃的泥土，甚麼樣的禾苗會給農民帶來豐收。一見鳳翔里茂盛壯碩的嘉禾，我就明白，母親和村中嬸母為甚麼常常稱讚鳳翔里的沃土、水稻，稱讚時為甚麼面露艷羨之色。鳳翔里，是新興的常熟。

東門河上下游的東邊是水東岸。水東岸地勢平坦，有一望無際的旱地，用來栽甘蔗、番薯、玉米、白菜、芥菜、生菜。這一帶的泥土，由河水沖積而成，特別肥沃。上游的水東岸有一所昌橋小學，一九五八年返港前，在那裏唸到小學六年級。昌橋小學瀕河，每天下午上完課，學校大掃除時，我們會輪流負責清潔工作，在泥地的操場上灑水，以免掃地時塵土飛揚。然後，我們會用松管草紮成的掃帚掃地，同時把課室的痰盂捧到河邊瀕水的沙灘，把稀痰、濃痰一併倒進河中，把痰盂洗濯乾淨，才捧回課室去。

昌橋小學向上游再去，是一條叫「大南河」的支流從東南注入東門河。大南河的水特別清澈，與東門河交滙的一段，流速放緩，彎度增大，河水也特別深。兩岸翠竹茂密，

有的斜生橫垂，一叢叢的從涯岸伸出來，距水面只有一二尺。綠竹的濃蔭下，游魚清晰可見。在那裏游泳，垂落頭頂的竹葉竹枝，舉手就可以攀到。

從東門橋東邊橋頭向北走下一個小坡，沿河邊的泥路繼續北行，你會經過東墟。東墟有八九個瓦架。瓦架沒有牆，只有一根根的杉木柱撐起黑瓦上蓋。瓦架的總面積約與一個標準足球場相埒。瓦架西邊，瀕河處有多棵老榕樹，枝葉婆娑，根鬚茸茸下垂；在下面走過，即使在盛暑，也會有涼風習習吹衣。到了墟日，遠近村子的農民就會到東墟賣豬，賣牛，賣鴨，賣雞，賣貓，賣蛇，賣果子貍，賣穀，賣米，賣柴，賣番薯，賣木薯或其他農作物。這時，瀕河處就會有多個狗肉檔殺狗、烹狗；途人經過，狗肉香就和五香、八角的氣味繚繞着飄進鼻孔。西方文明世界不吃狗肉，也禁止屠狗。但新興到了墟日，狗肉比雞肉、鴨肉、鵝肉、豬肉、牛肉更受農民歡迎。

過了東墟，沿泥路前去，會經過三骨蛇。新興話「三骨蛇」，是「三條蛇」的意思。三骨蛇右邊是水東岸的莊稼地；左邊是菜地，由於瀕河，不能向外擴充，面積較狹。菜地臨河處是單竹林，[1] 風起時竹葉搖曳的聲音很好聽，夏天給你涼意，秋天給你秋來的蕭疏感。沿河邊的單竹林再去，是一叢叢的雜樹。雜樹叢中有一棵水榕，主幹橫生，離河面

---

1　單竹是竹身較薄的竹，新興小童喜歡用來做水唧筒。

不足一尺。夏天的涼風中，我常常喜歡跟友伴坐在平伸的樹幹上，一邊吃水榕仔（即水榕的果實），一邊把雙腳垂入水裏，一個愉快的下午很快就過去。

從水榕瀨水處北行，左邊仍是東門河，右邊是鼎村的面前垌。所謂「垌」，是新興方言，指「旱地」或「旱莊稼地」。這裏的「旱」，相對於水田的「水」而言，不是「旱災」、「大旱」等詞語中的「旱」，不含貶義。水稻一類農作物，要在水田裏種；玉米（新興話叫「黃粟」）、苦瓜、番薯、豆角、白菜、芥菜、茄瓜（新興人像香港人一樣，叫「矮瓜」）、蘿蔔要在旱地裏種。面前垌有我家的一張旱地，[2] 上面種瓜菜、番薯、豆角、芋仔、樹葛（即木薯）。有時候，我會跟母親到那裏施肥，諸如淋尿、澆豬糞、牛糞、大糞。白菜、番薯、苦瓜、豆角……由自己親手種植，因此特別好吃。

過了面前垌北去，是一座高山，叫崩岡。崩岡是東西走向的斷崖（escarpment），西麓陡臨東門河；由於那裏是河水轉彎處，水勢緩慢，也特別深。瀨水處有一座龍母廟，用青磚築成，面積約六十平方米，裏面供奉龍母塑像。和我們同一房的叔婆，做過龍母廟的廟祝，當局「破除迷信」時被「定性」為「鬼嫲婆」。

---

2　「張」是新興方言中的量詞，與「田」、「旱地」等詞語搭配，大致相等於標準漢語中的「塊」或「幅」。

　　龍母廟於我有特別意義。小時在鄉間看《西遊記》第六回（「觀音赴會問原因；小聖施威降大聖」），看到孫悟空與灌江口的顯聖二郎真君鬥法，就特別興奮。後來孫悟空敗陣，要擺脫二郎神而不斷變形，二郎神也不斷變形在後面追擊。讀到下面一段：

　　那大聖趁着機會，滾下山崖，伏在那裏又變，變一座土地廟兒：大張着口，似個廟門；牙齒變做門扇，舌頭變做菩薩，眼睛變做窗櫺。只有尾巴不好收拾，豎在後面；變做一根旗竿。真君趕到崖下，不見打倒的鴇鳥，只有一間小廟；急睜鳳眼，仔細看之，見旗竿立在後面，笑道：「是這猢猻了！他今又在那裏哄我。我也曾見廟宇，更不曾見一個旗竿豎在後面的。斷是這畜生弄諠！他若哄我進去，他便一口咬住。我怎肯進去？等我擎拳先搗窗櫺，後踢門扇！」大聖聽得，心驚道：「好狠！好狠！門扇是我牙齒，窗櫺是我眼睛；若打了牙，搗了眼，却怎麼是好？」撲的一個虎跳，又冒在空中不見。[3]

不知何故，孫悟空的化身，就以龍母廟的具體形象在眼前出現。經過龍母廟時，常會想起孫悟空和二郎神。在「破除迷

---

3　吳承恩著，《西遊記》，上下冊（香港：中華書局香港分局，一九七二年四月版），上冊，頁六五。

信」運動前，每逢傳統節日，廟內檀香靜繞，入耳是流水聲從臨河的樹叢傳來。

龍母廟以北，是廟背所靠的山崖，叫「廟背崩」。廟背崩是崩岡之顛，高五六十米，寬六七十米，崖壁從虛空直削河中。上面疏疏落落地長着絲草、蕨草、桃金娘。崖壁長期經風侵、雨蝕和河水的沖刷，每隔一段時間就會有山泥下崩。崖面的植被欠缺穩定的土壤扎根，也就長得不茂盛；崖面某處傾圯，植物也會隨泥土塌入河中。如非雨季或汛期，水東岸和面前垌外的河水不深，能沒頂的地方不多，部分水域的深度不過齊胸，淺水處只能浸到大腿。龍母廟一帶的水域卻大不相同：那裏的河水墨綠，可以淹沒兩三個人的高度而有餘。由於崖泥崩塌，廟背崩下面的河水不深。廟背崩北去，是東門河最深的水域，叫「鶴山灣」。至於「鶴山」二字，何以在新興的地名中出現，則不得而知。東門河奔流到這裏，水速大大減低；由於是河曲所在，河水也就特別深。鶴山灣最深處，有一座灰黑的巨石，形如水牛背；旱季水淺時寬約五米，長約七米；到了雨季，河水的流量增加，巨石幾全部淹沒，只剩下小如圓形飯桌的石背露出水面。據傳說，巨石向上游的一邊，靠近河床處有一個深洞，泳者一不小心被漩渦捲進去，就不能再出來，結果會活活溺死。

鶴山灣北去是小鼎村，只有十多戶人家，距鼎村約有三十分鐘的路程。小鼎村又叫「村仔」、「新村」。叫「村仔」，是因為村中人家不多。叫「新村」，是因為這裏原來沒

有村子，後來鼎村姓黃的一些人家搬到這裏才開枝散葉。鼎村有三姓：姓勞的人數最多，姓黃次之，姓蘇最少。鼎村黃族和新村人同宗，跟新村人的關係親於跟勞、蘇兩族的關係。新村位於廟背崗以北的山麓，西邊臨河處地勢平坦，但這一帶的河水特別深，也特別靜；諳熟水性的我，見這裏的河水不聲不響，心底也隱約感到一點點難以名狀的恐懼。

　　秋冬兩季，東門河上游乾旱，河水退減，站在東門橋南望或北望，都會看見淺渚和沙洲從水中露出。淺渚和沙洲的上空，會有飛鳥迴翔。日後讀到杜甫《登高》中「渚清沙白鳥飛迴」這一名句，就會想起東門河深秋的景象。一九七九年，我和彩華乘船逆流上三峽，過了瞿塘峽經奉節，也就是杜甫寫《登高》的地點，發覺那裏的一段長江，江面寬度和東門河差不多，景色也頗為相似。詩聖之外，東門河還叫我想起蘇軾。有了東門河經驗，日後讀到坡公《游金山寺》中「天寒尚有沙痕在」一句，就會看見東門河冬天水退，露出沙洲，沙洲上波迹尚在。於是覺得造物主待我不薄，讓各有千秋的三幅水彩在不同時空映入唐宋兩大詩人和我的眼睛。

　　返回上游西岸。

　　西邊橋頭之北，是個瀕水碼頭。遠在腰鼓的烏篷船[4]可

---

4　新興小孩，按船夫撐船的情景擬聲，稱烏篷船為「du¹du¹deŋ⁶」：「du¹du¹」擬河水流動和船夫撐船用的長篙拖水而去的聲音；「deŋ⁶」，擬船夫雙腳一起一落向後面力撐兩邊踏板的聲音和動作。

以沿新興江一直南撐到這裏。來往腰古和新興之間的烏篷船寬約四米，長約二十米，船身木造，蓋以半月形篾篷，篷頂髹上黑漆，用來擋風禦雨。新興江的烏篷船都用來運貨，比江南水鄉的烏篷船大，因此沒有江南水鄉的烏篷船輕快。新興江的烏篷船沒有縴夫拉曳，全靠船夫用長篙撐着河床前進。這些船夫的長篙，比徐志摩在劍橋（徐志摩稱「康橋」）康河上撐舟用的長篙長得多。劍橋的康河既窄且淺，嚴格說來，不過是溪澗一條；在中國享有盛名，主要因為徐志摩寫過《再別康橋》一詩加以美化。現實世界的康河沒有徐詩的康河美，更遠遠比不上東門河和奉節的一段長江。東門河的船夫所撐，不是「一船星輝」；是來往肇慶、腰古、新興之間的貨物，有柴，有米，有鹽，有鹹魚，有石灰。烏篷船的撐法，順流而下和逆流而上完全不同。順流而下時，左右兩邊的船夫只須用長篙點着河底，按水流調整方向，就可以輕鬆前進。逆流而上，船夫就辛苦了。這時，在左右兩舷平伸而出的狹長踏板上，船夫會同步來回，同時在船頭把長篙的一端插入河底，一端緊抵着肩胛，在右舷的抵着左胛，在左舷的抵着右胛，上身同時直挺挺地下傾，兩腳踏着重步使勁後撐，後撐時木船就逆水而上；木船所載的貨物越重，水速越急，上身下傾的角度越大，船夫後撐時也越要用勁；撐得最吃力時，上身幾乎要貼到腳下長長的踏板。木船逆水衝波而上的同時，船夫的雙腳蓬蓬有聲，從船頭踩到船尾。到了船尾，再拖着長篙快速走回船頭。為了省力，船夫拖篙

時都會讓另一端浸在水中，讓下半截曳浪而去。兩人一到船頭，又會重複剛才的動作，繼續把木船往上游撐去。從腰古到新興，水程有幾十公里，春、夏、秋三季，這樣苦撐已經夠苦了。到了冬天，尤其在黑夜，就苦上加苦。這時，幾顆寒星在霜天閃着微弱的寒芒，削膚的寒風吹過河面，船夫所穿是破舊的棉襖，用力時身體雖產生熱能，却難敵河上的凜冽北風。因此，新興人認為，「寒天撐夜渡」是人生三大苦之一。[5]

自東門橋西邊沿河岸向北，會依次經過大風塘、北門、五里亭、橋亭峒、洞口。大風塘是鎮上魚塘，浪闊水深，面積和氣象都勝過鼎村的木頭塘和大塘。大風塘西畔，泥築的公路兩邊，是一棵棵蒼翠扶疏的石栗樹和尤加利樹，遠看像一列參天的屏風。到了冬天，總喜歡跟村中孩子到那邊撿石栗。我們要撿的，不是剛從樹上掉下來的青白色果實，而是掉落地上有好一段時間，外皮腐爛後剩下來的石栗核。石栗核灰褐色，木質，非常堅硬；正因為如此，「栗」字之上才會有個「石」字。我們撿到了石栗，就放進口袋中，用來較高下，分勝負。方法是：甲把石栗放在地上，讓乙用自己的石栗瞄準，使勁向地上的石栗砸去；如此輪流互砸，誰的石栗砸不破，誰就獲勝。小孩子求勝心切，用力

---

5　小時候在新興，常常聽人說：「第一苦，最怕自小冇老母。……第三苦，最怕寒天撐夜渡。」至於第二苦是甚麼，現在忘記了。

特別猛，石栗的外殼一破，核內白色的果仁也常會碎裂，甚至向四方飛濺。

大風塘臨河一帶，有一列列的鳳凰木。鳳凰木夏天開花，紅如火焰。到了秋冬，樹上莢果成熟，就會呈深褐色，長四五十釐米，寬六七釐米，厚一二釐米，木質，異常堅韌；由於形狀像刀，小孩子又稱為「剛刀豆」。我們在樹下走過，見莢果掉在地上，就會拾起來，興高采烈地一邊走，一邊當作戒刀舞弄，想像自己變成了行者武松或花和尚魯智深。

所謂「橋亭垌」，是橋亭村以東一望無際的水稻田。這裏的水稻田特別肥沃，秧苗插下不久就會轉青，綠油油的遠勝鼎村的禾苗。收割時，每畝的產量也特別高。在新興一縣，畝產堪與匹敵的，只有東門橋以南的鳳翔里。因此不止一次，聽過母親盛讚橋亭「好禾」。所謂「好禾」，是個謂語，指禾稻茂盛，產量特高。橋亭，是新興的太倉，與新興的常熟鳳翔里雄霸水稻王國。母親幾十年種田，評田的眼光早臻大師級數，一如她的兒子評水；見橋亭垌像鳳翔里那樣平坦如砥，一望無際，而且「好禾」，自然稱讚不絕了，一如他的兒子稱讚七十年代的吐露港，稱讚港島南區的海灣以至巴哈馬、邁阿密、波多黎各的大西洋。

再返回下游面前垌瀨河的小路。

沿這條小路前行，在距離龍母廟數百步的莊稼地向東，穿過面前垌，繼續東行百來步，就是石橋仔。顧名思義，石橋仔是一道石橋，長約三米，寬約兩米，由三塊長方

形的灰石並排砌成，下面是一條寬約兩米的溝洫，由南向北，流過叫「沙路」的遼闊稻田，接近崩岡時向西，在龍母廟那邊流入東門河。石橋仔東邊也是稻田。過了石橋仔，北邊仍然是沙路。繼續向東，約五分鐘，就到達岡背（即面前岡背之背）。繞岡背前行約三十米，遠遠就看見杉窪（新興話唸 wa³）。所謂「杉窪」，是小路旁向南內凹的山坳，山坳內是個山岡，坐南向北，高八九十米，上面是茂密的鴨腳木、苦楝心、番石榴、蕨仔草、桃金娘。山坳有八九張水稻田。這時，面前岡仍隱身於杉窪後面，未在上仰的視域中出現。一過杉窪，是一個叫「鴨仔樹」的小叢林。小叢林倚着面前岡西麓，面積雖不到一百方米，却由於樹木茂盛，深樹中常常傳來八哥、相思、畫眉的囀鳴。這時，你已經到了大塘基西南端的塘基頭。在你面前，一棵綠葉扶疏的「火山頭」荔枝映落大塘的綠水。所謂「火山頭」，是帶酸的荔枝，在水果國度，地位遠低於新興香荔。駐足「火山頭」的樹蔭下，鼎村的八眼魚塘，會在你脚下攤開。魚塘對岸，就是鼎村。青磚屋、泥磚屋、灰瓦、褐瓦、黑瓦從八眼魚塘之北不規則地一列列升向屋背山那邊。大塘基高十多米，在那裏居高臨下，目光不但能橫掃八眼魚塘，遠望屋背山時，也能清晰看到山上葱蘢的樹林。

　　每年端午那天，我總愛跟幾個小友伴從村中出來，沿同樣的小路，朝相反方向走過鴨仔樹、杉窪、石橋仔，到了面前垌盡頭的河畔，就走下不太高的小斜坡，脫下衣衫，放

在濑水的草地上，笑聲和歡呼聲中噗通噗通撲進清漪裏。「未食五月粽，寒衣不敢送。」五月初五，吃五月粽的佳日，村中的鴨子兩三個月前已在魚塘來回暢游了，只是沒告訴我，東門河水很快也會隨魚塘回暖，適宜小孩子洗身。我們撲進了河中，興奮如涸轍之鮒。由於大家有母親批准，心無罣礙，亦無歉疚，洗起身來特別暢快。河水是奔流不息的活水，比塘水清澈、潔淨，水中來回游弋的小魚、河床潔白的細沙都映入眼中，毫無阻隔，叫我們更感歡欣。於是，我們會潛入水中，或在淺水處雙手按着河沙，打起水鼓來。當然，我們也會撐昂船——不過這時不必「撐」，仰臥在河面上，河水就會把我們沖向下游。到了下游，水流太急了，無法逆流而上，就會爬上河岸，踩着如茵的綠草返回剛才下水的地點，繼續洗我們的「龍船水」。

此刻，龍母廟就在下游不遠處。但不知何故，我們都不約而同，只在面前垌外的河域載沉載浮，沒有游向龍母廟那邊的深水區。也許我們受了端午的吉祥氣氛感染吧，都不自覺地遠離有點神秘、有點詭異又有點不測的黑水。游倦了，我們就站在河中，雙腳踩着河沙，一動也不動，讓胸膛、肩膊感覺河水的沖擊。俯看河水汩汩在胸前中分再貼着兩脅流去，感覺特別舒暢。那一刻，凡間最舒服的按摩，都給東門河端午節的流水比下去了。

在深水區玩夠了，就向淺水區游去。到了水僅及膝的地方，就踢着水向上下游跳躍奔跑，活像一匹匹的小野駒，

踢起的水花濺濕了無忌的笑聲。

龍母廟外的深水區，為甚麼會敬而遠之呢？當年未有確切的答案。現在回顧，終於找到「科學原因」了：那裏的河面被廟前蒙茸的雜樹障蔽，游了進去，視綫會被貼水的枝葉、藤蔓阻擋。視綫被擋，就會失去方向；此外，藤蔓叢生，更會把手腳纏住，叫不測的水域變得更不測，叫泳者失去安全感。因此，稚齡的我，雖然大膽魯莽，但人類幾百萬年的進化畢竟在我的意識和潛意識深處植入了恐懼本能，叫我在真正危險的時刻趨吉避凶。

龍母廟以北的鶴山灣，是東門河水域的至險，不過沒有像龍母廟深水區那樣叫我裹足。我知道，鶴山灣的巨石下面可能有深洞，被漩渦捲了進去就不能出來。不過鶴山灣沒有蒙茸的枝葉、藤蔓障蔽視綫，游到那裏不會失去方向或方位。因此，我曾經不止一次，在那裏的深水區暢泳。那時候，我年紀太小，還未諳「善泳者溺」的至理；不過進了那裏的深水區，也會特別小心，跟巨石上游打着急轉的漩渦保持距離。不過恐懼與尋求刺激的衝動有時會在小孩子的心理戰場上拔河。心中雖有趨吉避凶的本能，但面對鶴山灣的巨石，畢竟抗拒不了尋求刺激的衝動。結果怎樣呢？在距離巨石十多米時斜游向河心，避開巨石前的漩渦，再以斜角游近巨石，離石側三四米的俄頃使勁撐腳撥手撲到石面上，然後站起來，像到達珠穆朗瑪峰之巔的健兒，興奮地振臂歡呼。以珠穆朗瑪峰比擬東門河的一塊石頭，似乎比擬不倫，太過

誇張。事實呢，我的比喻極為貼切：攀登珠峰或爬上鶴山灣的巨石，都要用智，不能單靠蠻力。攀登珠穆朗瑪峰有南北二路。循險峻的北坡強攻，危險極大；要智取珠峰，必須循坡度舒緩的南坡上躋。我面對鶴山灣的巨石時，不攖其鋒而斜游靠近，不就是避珠峰北坡而趨南坡嗎？

鶴山灣下游的新村水域，能給我惴然而慄的刺激，却沒有鶴山灣巨石周圍的水域危險；由於在心底的履險限度內，我在那裏游過多次。那裏的水域跟鶴山灣一樣，都靠着東岸。秋冬兩季，靠西岸那邊的河水淺不及膝，或索性全部乾涸，這邊的河水却依然深可沒頂。夏天跳了進去，覺得腳下是不測的深度；再看河岸，是一堵絕壁般的黃泥嘴以九十度直角切進水中。這裏的河水流速極緩，由於深，看不到河床，從岸上俯望會有點忐忑。河水像人：黃浪滔滔，漩渦打轉，像脾氣暴躁的人在發怒；深不見底，水流緩慢，則像充滿城府的人，喜怒不形於色。要交朋友，兩種人都避之則吉。不過兩種人相比，充滿城府的人更可怕。脾氣暴躁的人，你知道他何時會向你進襲，叫你懂得防範；充滿城府的人怎樣害你，何時害你，你都懵然不知，結果會死得不明不白。因此，在新村外黃泥嘴深水區游泳時，我會一邊游，一邊充滿戒心。這時，我的泳術已遠超棺材板階段，竟仍有戒心，可見暗箭的確比明槍更令人驚慄。不過尋刺激的衝動，仍然戰勝了戒心。於是我盡情在深水區暢泳，還深深吸一口氣，潛入不測的水底，伸手去摸河床；發覺這一帶的地質

都是泥，河床沒有河沙，只是滑溜溜的黏土，給我詭異的感覺。整條東門河，河底都是河沙，這一水域却大反常態，怎能不叫一向大膽的我感到一點點的膽怯呢？儘管如此，我還是一再頭下脚上，鴨子般咕嚕一聲鑽進水中，閉目在河底伸手左摸右摸，最後挖了一把黏土，冒出水面一看，也是黃的，像岸邊的泥鰍一樣。新村鰍的深水區還有一個特點。在炎夏，一般河水雖因日曬而變暖，但流動得快，太陽的熱能也散發得快。新村鰍深水區的河水，位於彎曲處，由於水速特緩，河面的涼風吹不到，水中的熱能散發得特別慢，在盛夏也就特別熱。因此，在鄉間十一年多，這一水區並不是我常到的地方。

常到的地方是哪裏呢？是東門橋西端橋下，也就是烏篷船停泊的碼頭。這裏的河水，一年四季都有足夠的深度供我洗身。平時，這裏的河水清澈，一般都淹到脖子，深水區更足以沒頂。這裏的水不像塘水，浸了進去，手足口鼻所觸，都是上上水質。在魚塘洗身時，我雖然無懼於木廁的排洩物，而且也知道，無論多小心，大人和小孩的尿液都會沾唇入口，因此也不管三七二十一（其實，小孩子沒有甚麼衛生意識，也不介意尿液沾唇）；不過在魚塘洗身時，我的口還是緊閉的。在東門橋下，我的口可以不設防，渴了甚至可以俯首牛飲。在橋頭的另一邊，鎮上的居民可以沿石階拾級而下，到河中挑水。新興街那時還沒有自來水，居民飲用的不是井水就是河水。

　　有時候，即使多艘烏篷船並排泊在碼頭外，佔用了部分水域，也不會掃我和游伴的興。我們雖不能暢所欲游，却能在烏篷船之間玩「兵捉賊」，在船與船之間追逐、潛游；或在兩船之間的狹窄水道逆水而上，順流而下；或從這邊潛入船底，再從另一邊冒出來。潛入船底這玩意，幾十年後回顧，才覺其險無比：萬一潛進船底時，頭部撞到船底的木板而暈厥，或潛進船底時心中的方向混亂，鑽來鑽去都鑽不出水面，潛水前深呼吸貯進肺中的氧氣用完，就只有進河伯的水府了。

　　在橋下洗身，還有另一玩意。橋底鯉魚嘴之間的水域，河水的流速特別急，深度能淹沒兩三個大人豎立相連，是西邊橋頭一帶的至險。為了求刺激，我多次從碼頭逆着急流向上方游去，設法伸手摸一下鯉魚嘴的花崗岩壁，目的是向「難度」挑戰，就像攀岩者攀爬絕壁一樣。但每次「出師」，無論用多少氣力逆水爬泳，都因水流太湍急而被巨濤猛沖向下游。屢試屢敗後心生一計，從陸路走到東門橋上游淺水區下水，再順流而下，最後讓湍流沖入橋底的兩座鯉魚嘴之間。一入橋底深水區，流速在瞬間急劇增加，要匆匆匆匆以雷霆萬鈞之勢把我像敗葉一片狠撞出橋底直沖向下游。這時，我徹底感覺到東門河黃浪澎湃的偉力。不過我沒有任黃浪擺佈，一入橋底，就覷準其中一個鯉魚嘴的花崗岩壁，借巨浪的力量順斜角泅過去，最後，洶洶怒濤中兩手終於觸到了橋墩的岩壁。岩壁因河水長期沖刷，沾滿了黃泥。湍流中一觸

到岩壁，就竭力攀着壁面要停留數秒，毫不模稜地宣佈「出師」勝利，花崗岩面却沒有任何凹陷的孔穴讓我的手指扣進去；而這時候，肩膊以下都在水中，雙腳懸浮，無從借力，不到三秒，整個人已經被黃浪的偉力扯離石壁撞出了橋底，冲向下游的烏篷船碼頭。這種玩意，不諳水性的不能嘗試，也不敢嘗試。我有膽量，有能力嘗試，有好處嗎？有的。在十歲八歲的稚齡，赤裸着身體接觸了大自然的偉力後，我依稀感到自己渺小。説「依稀」，是因為小孩子還沒有成年人的認知和分析能力，更未到哲學層次。這種感覺上升到哲學層次，是幾十年後的事了——在夏威夷威基基海灘。[6]

摸橋底鯉魚嘴的花崗岩壁，仍不算最刺激的玩意。東門河最刺激的玩意是「跳橋」——也可説「跳河」。

每年夏季，上游下大雨，新興江總有汛期。汛期一到，東門河就黃浪澎湃，水面上幾乎每一平方米都有險惡的漩渦打着急轉，橋上不諳水性的行人俯望時心中會發毛，不敢臆測掉進河中是甚麼景象。這時，東門河不再「渚清沙白」，雨雲密佈的天空也沒有「鳥飛迴」的詩境。這時，是「夏水時至，百川灌河。涇流之大，兩涘渚涯之間，不辨牛馬」。洪水泛濫得厲害時，地勢低下的水東岸更會水淹。我的第四所母校昌橋小學，坐落水東岸，以前是尼姑庵，新興

---

6 威基基滑浪失敗而感到大自然偉力的經驗，《浪鼈的聲音》一文有詳細描述。

人稱為「水流（新興話唸「lu¹」）庵」。為甚麼有這樣的稱呼呢？因為這座尼姑庵地勢低，大南河從東南流來，一滙入東門河，就在尼姑庵旁邊流過，水流濺濺，會和木魚聲相混，因此就叫「水流庵」。東門河泛濫時，昌橋小學也會像水東岸的人家和莊稼地一樣，不能幸免，操場、課室以至老師的辦公室，都會水深及膝。我在鄉間的十一年，東門河泛濫最嚴重的一次，新興街、水東岸、鼎村都遭水淹。在鼎村，魚塘、溪澗、農田、菜地，以至村中的大巷、小巷都渾然一體，成了澤國。唯一的例外，是地勢較高、靠近屋背山的一列屋子。我家倚着屋背山脚，地勢不低，也在幸免之列。

好了，有了上述資料，讀者就可以推求，洪水泛濫時東門河是甚麼景象了。這時，只要新興街、水東岸、鼎村不遭水淹，只要東門橋仍沒有沉入水中，只要橋面和黃浪滔滔的河面有適當的距離，我就會跟最敢死的小友伴脫了上衣，只穿短褲（這時，我們已經從天體階段進化到穿褲子的文明，但仍然不知泳褲為何物），爬到橋上靠下游那邊的圍欄，站起來，深深吸一口氣，倏地縱身，直躍洪濤中。在天地眩轉的刹那，幾個小猴子沒入了黃浪……雨雲下，橋上行人見我們「投河」沉沒，也不以為怪，因為他們知道，這是東門河泛濫時新興小孩最刺激的玩意。身體凌空時，我們早已屏住了呼吸，頭上脚下一插入黃浪（橋的圍欄太高，我們沒有膽量頭下脚上地插水），就像青蛙在水旋波撞中拚命向下游撥手撐脚。因為，玩意的高潮並不是跳河，而是

跳河後在深不見底的怒浪下使勁潛游,看誰從水底冒出時離東門橋最遠。在洪水泛濫的東門河跳橋潛游,遠比在魚塘潛泳刺激、好玩。在靜止的魚塘潛泳,屏在肺中的氧氣能讓我潛多遠就多遠,是創作中的寫實;大水泛濫時跳東門河潛游,是創作中的誇張:肺中的一口氣有大自然的偉力「推波助瀾」,以急湍以猛迅的潛流把我向下游直撞,潛速會數倍於魚塘潛泳,在下游冒出頭來回望上游,見東門橋遙在視域外,總有「時來風送滕王閣」的快意。潛游比賽中,如果贏了所有的小同伴,快意之上還添一分虛榮的花紅。這份虛榮的花紅,我是十拿十穩的。而這樣的跳橋比賽,是我在新興十一年多最愉快的記憶之一,不輸於幾十年後,在波多黎各二萬八千呎深的大西洋戲浪。[7]論水的深度和偉力,東門河之於大西洋,完全不成比例;可是,波多黎各的大西洋,潛泳時無橋可跳。因此,幾十年後,我雖然有了巴哈馬、百慕達、威基基、波多黎各的《水經》經驗,但東門河的《水經注》也不見得會遜色。

東門河不但給我刺激,還給我方便。看到這裏,讀者不要歪想,以為我把東門河當作鼎村魚塘的水廁。所謂方便,不是這個意思。

小時候,極不喜歡理髮(現在到了古稀之年,仍然不喜

---

7　在波多黎各的戲浪經驗,早已化為長文《在二萬八千呎之上戲浪》,收入我的散文集《第二頻道》。

歡）。理髮後，髮碎沾在衣領上刺刷脖子，感覺極不好受。理髮時，理髮師自然會在我身上披一張白布，圍着我的脖子繫牢，才揮動剪刀、髮剷。可是，白布無論繫得多牢、多密，剷髮時總有髮碎落入脖子和衣領間，向脖子的肌膚捅刺。遭髮碎捅脖子、刺脖子的感覺，既不是痛，也不是癢，却最難受，簡直是刑罰。到了盛夏，髮碎有汗水同謀，施虐時更加厲害，叫我坐在理髮椅上渾身不舒服。要伸手拈出髮碎，又不知怎樣拈——何況坐在理髮椅上，雙手遭白布禁錮，完全奈不了衣領中的髮碎何。這時，要聳肩、擺頭、搖頸，理髮師却不許我動彈分毫，否則削髮可斷的剃刀會割去我的耳朵。與這樣的刑罰比較，我寧願讓老師體罰打手掌。在鄉間，我最怕理髮，尤其在夏天。

今日，理髮店都有空調（在夏天，應該像香港人那樣說「冷氣」）；在童年的新興，鎮上所有的理髮店中，沒有一家有冷氣——連一把電風扇也沒有。那怎麼辦呢？你問。理髮店的天花板上，掛一幅寬約兩米的帆布，帆布上方，繫在一根可以轉動的圓軸上。圓軸的長度與左右兩堵牆壁的距離相等，帆布與圓軸等長。帆布下方，繫着一條粗麻繩，一拉一扯，就能把空氣扇動。對，空氣流動而成風——最原始的物理。於是，坐在整列理髮椅上的顧客，就有了涼意。在新興街，我最熟悉的理髮店有兩家：一家叫「興利」，一家叫「六記」。在鄉間，靠理髮謀生的，一般人不叫「理髮師」，而叫「剃頭佬」或「剃頭師傅」。其中說「剃頭佬」的人

較多。用詞較新興佬、新興仔準確的香港人當然知道,「剃頭佬」一語是蔑稱,「剃頭師傅」是敬稱。不過新興人——尤其是新興小孩——說「剃頭佬」時並無惡意、蔑意,就像他們說「屎肚」時,並不會像「無厘頭」電影演員那樣,故意製造「核突」。香港粵語,理髮叫「飛髮」,新興話也叫「飛髮」,原始一點叫「剃頭」;因此理髮師又叫「剃頭師傅」。

興利和六記兩家理髮店我都去過;不過母親一般都帶我去六記,因為她覺得,那裏的師傅「好相與」,對小孩子親切些。六記只有一個師傅,是單幹戶,帆布風扇沒有專人拉。到了夏天,母親帶我進去理髮時,常常負起拉帆布風扇的責任。

夏天到六記理髮時,我只穿一件波裇,避免讓髮碎落在衣領上刺脖子。從六記的白布鑽出來,頭也不洗,就急步走出環城路向北,到了十字路口右轉進入橋尾街,不到五分鐘,就會到達東門橋西邊的橋頭。快步走下石階,就在烏篷船碼頭瀕水處脫去波裇,只穿一條短褲縱身躍入水深處,讓東門河浴盡髮碎,同時一舉兩得,洗個暢快的身。叫我覺得,忍受了髮碎刺頸、刺肩之苦後,苦有所值。幾十年來,在香港和多倫多,進了理髮店,都在剪髮後洗頭。不過洗頭師傅的服務無論多好,洗髮水、護髮素無論多清香,也無論沖走頭上髮碎的自來水多充沛,都比不上新興的東門河。何況我以東門河洗頭的做法充滿創意,暗通中外神話,與中國先賢不約而同。何以見得?屈原的《離騷》說:「夕歸次於窮

石兮，朝濯髮乎洧盤。」《禹大傳》說：「洧盤之水出崦嵫之山。」郭璞的《山海經・丹水》說：「爰有丹木，生彼洧盤。」洧盤是神話之水，東門河是現實之水；但屈子與我，都以河水濯髮。我以東門河濯髮時，還未讀《離騷》，所以說，我與屈子不約而同。我以東門河洗頭，還與西方神話中的大英雄不謀而合。在希臘神話裏，大力士赫拉克勒斯引大河之水灌洗奧格阿斯的超級大牛棚，一天內完成大業。在新興，我引東門河之水洗我理髮後的小頭顱，洗頭又洗身，需時一個鐘頭左右。一是神話偉績；一是村童玩意。兩者雖大小懸殊，但是引河水為己用，其理一也。當時，我還未接觸希臘神話，所以說「不謀而合」。

# 見海

　　一幢幢高樓浮在水面，升入了高空在我眼前展現從未見過的奇異時空，叫我疑真疑幻。

　　這是一九五八年將近中秋時，父親帶我返回出生地香港，從澳門乘港澳客輪德星號，經西邊的汲水門，進入維多利亞港一刻的印象。在香港銅鑼灣怡和街出生，家住電器道。襁褓中，母親曾用孭帶背着我步行到上環，到父親打工的中藥店；也從上環步行，經灣仔大佛和軒尼詩道高士威道返回電器道。嬰兒時期，姐姐也抱過我從電器道的唐樓出來，到附近的清風街乘涼。當時不足兩歲，仍沒有認知能力，不知道香港是甚麼樣子。一九五八年，香港才成為現實，進入我的意識世界。

　　香港沒有木頭塘，也沒有東門河，但是有浩瀚的大海。到了香港，也就告別了河伯，進入海若世界的渾浩汪茫。

　　水，仍然是至愛。不過我不再洗身了——我開始游泳。

　　從港島上環乘電車到西環堅尼地城總站，再步行十分鐘左右，你會來到兩個游泳棚：首先是鐘聲，鐘聲以西是金銀。泳棚都瀕海而建：幾十根巨型木樁矗立水中，高出水面有七八米，以「凹」字形沿岸分佈。木樁之間，再有木柱斜

出橫撐，鞏固木樁的位置。木樁之上，有木板平鋪，架成平台。近岸的平台，也就是「凹」字形的底部，分為男女更衣室、男女沖身室。「凹」字形兩邊的豎直部分，伸出海面約三十米，也是平台，東西相對；中間是游泳水域，寬約五十米，兩邊各有兩道木板階梯，讓泳客從平台下水。維多利亞港潮漲時，木板階梯只剩兩三級露出水面，海水幾乎與平台等高；潮退時，要走七八級才能入海。在鐘聲游泳，我總喜歡潮漲。原因有二：第一，潮漲時跳入海中，會覺得海水飽滿，水質豐厚，游起來特別暢快舒服。第二，潮漲時，海水從西邊汲水門外湧入維港，特別清潔新鮮。

此後，進中學前，我的游泳生涯都以鐘聲為中心。偶爾，父親也會帶我參加各團體主辦的遊河（其實是遊海）活動，乘租來的遊艇從維多利亞港出發，經東邊的鯉魚門駛往清水灣或西貢一帶的海灣。遊艇在灣外的水域泊定，早已穿好泳褲的我就會跟大人、小孩一起跳進海中，游往幾百米以外的沙灘。到了黃昏，游泳、嬉水完畢，才游回艇上。遊艇駛返中環皇后碼頭時，維多利亞港已經滿海暮色。

深諳水性的讀者，讀了上述描寫鐘聲的一段文字，大概都會明白，鐘聲不是學習游泳的場所，因為鐘聲泳棚沒有淺水處。從木板階梯撲進水中，就是十多米深的大海。那時候，如果有人對你說，他剛從鐘聲或金銀回來，你就知道，這個人即使不是張順、阮小二、阮小五、阮小七，泳技也臻頗高的水平了。

從木頭塘、東門河來港，馬上由淡水魚搖身一變，變為鹹水魚，過程中一點適應的困難也沒有。啊，説「淡水魚……變為鹹水魚」其實並不準確；説「塘魚……變為海魚」才對，因為鼎村的魚塘有大小二便，不是純淡水。

不過當時我只是鯽魚、鯿魚、鯇魚——充其量是以生猛著稱的斑魚（香港人叫「生魚」），在塘中、河中長大，只懂塘泳、河泳，未達海泳層次。

教我升向海泳層次的，是父親的好友鍾岳平叔叔和黃韶鈞伯伯。父親一輩子游泳、打太極，認識不少武林高手，其中以鍾叔叔地位最崇高。鍾叔叔是吳家太極宗師吳公儀的入室大弟子，與吳公儀長子吳大揆輩分相同，在香港太極界享有盛名。黃師父地位也高，是鷹爪外家拳名師。父親叫我跟鍾師父學太極拳，學會了太極拳再學太極劍；叫我跟黃師父學鷹爪，以收剛柔並濟之功。鍾師父、黃師父都樂意栽培世姪，不收分文。可是，我辜負了兩位師父的美意，太極拳和鷹爪都學不成，上了兩三堂就放棄了，連「半途而廢」都稱不上，因為當時我離「半途」還有漫長的旅程。

太極、鷹爪學不成，是因為我這個少年，早已迷上超級間諜零零七占士邦的柔道和空手道。年輕人不管迷上甚麼，就會劍及履及，把「迷思」付諸行動。我交了學費，就到銅鑼灣加路連山道南華體育會跟麥希超師父學柔道，到軒尼詩道的武館跟日本大師父高橋戒、二師父永田晃學剛柔流空手道。今日，剛柔流白帶考試的及格證書，仍和我的小

學、中學畢業證書放在一起，上面有剛柔流掌門人山口剛玄的親筆簽名，由東瀛的剛柔流空手道總會頒發。

鍾師父、黃師父本領多。我沒學他們的武術，仍學了他們的泳術：跟鍾師父學蛙泳，跟黃師父學捷泳（又叫「爬泳」，一般叫「自由式」）。我有塘泳、河泳的底子，蛙泳、捷泳一學即會，很快就從狗仔進化為青蛙，並且向人猿泰山尊尼‧威士慕拉（Johnny Weissmuller）的方向進化。[1] 至於背泳和蝶泳，[2] 很快也無師自通。

此後，直到「維多利亞時代」開始前，我的水上歲月都在鐘聲度過。

鐘聲是鹹水泳棚，我那個時代泳鏡還不普遍，每次在大海游完一兩個小時，眼睛總是醃得紅紅的，變成了新興話所謂的「水鬼」。

醃眼睛，我完全不以為苦。海泳樂趣大，付小小的代價絕對值得；何況游海水的成年人常常說，海水殺菌，在大

---

1　尊尼‧威士慕拉（Johnny Weissmuller），原名 Peter Johann Weißmüller，世界著名泳手，贏過五面世運游泳金牌，一面世運水球賽銅牌，在自由式、背泳兩個游泳項目中創過五十項世界紀錄，贏過五十二項全美國游泳錦標賽，上世紀二十年代，是全世界最快的飛魚之一，據說在游泳生涯中，一次也沒有落敗。後來在十二部電影中飾演艾德加‧賴斯‧伯羅（Edgar Rice Burrough）筆下的人猿（ape man）泰山（Tarzan），瘋魔世界，也是筆者少年時期的偶像。有關資料，錄自《維基百科》（*Wikipedia*）"Johnny Weismuller" 條（二零一五年十月十七日多倫多時間下午三時十分登入）。「尊尼‧威士慕拉」，是泰山系列電影在香港上映時的譯名。這一系列電影，和日後的占士邦系列電影一樣，在我的少年時期留下美好的回憶。

2　游蝶泳時，由於腰、腿上下拍打擺動如海豚，又叫「海豚式」。

海游泳，患皮膚病的可能會大大減少。這説法有沒有科學根據呢，迄今還沒有探究，不過當時完全相信大人所言，在鐘聲泳棚游泳時真正是「感覺良好」。

不「良好」的，是「白炸事件」。

「白炸」，又叫「白鮓」，是香港人的説法；標準漢語叫「白水母」。白水母是香港常見的兩種水母之一。白水母之外，是藍水母，香港人稱為「火炸」。水母大都是傘狀體，有長長的觸鬚垂入水中。觸鬚有刺絲囊，能射出毒液把小魚等獵物擊暈。兩種水母中，藍水母的體形較小，其毒液却遠比白水母的毒液厲害，因此叫「火炸」。游泳的人遇螫，皮膚會劇痛難當，彷彿遭燒紅的鐵塊猛炙。

「白炸事件」發生在學習自由式的時候。有一天，吃過晚飯，如常乘電車去鐘聲，黃師父也如常在鐘聲給我授課，蹲在木板階梯上叫我游給他看。見師父有命，一撲入水中就全力向泳棚的另一邊衝刺。鐘聲是開放型泳棚，像香港所有海灘的泳區一樣，直通外海。這時，維多利亞港恰巧潮退，海水正流向西邊的汲水門。……一隻白炸漂進了我的泳道，向我慢慢浮來。由於泳棚的燈光昏暗，加以自由式不像蛙式，衝刺時看不到前方景物……未到三分之一的距離，只覺右臂猛拍着一團黏滑的東西，既非固體，也非液體，同時感到火燒般的劇痛；電光石火間我像高速前衝的快艇急停，驚惶中使出了自衛本能，兩手在胸前亂撥亂打。三秒之內，碰到白炸時的大忌全犯了。首先，當時黃師父指點的如果是

蛙泳，燈光即使昏暗，前面出現白炸仍會看得到；看到了就會及時停下，絕不會跟煞星撞個滿懷。第二，白炸沒有眼睛，只憑觸覺漂浮，不會追擊泳者。觸到白炸時如果馬上後退，或乾脆加速向前面衝刺，越過白炸後繼續疾游到水道的另一邊，受螫的程度一定不會太嚴重。可是，驚惶中我手忙腳亂，沒有後退，也沒有全速前進，却停在白炸面前亂撥亂打，結果攪得手臂和胸膛全是白炸的觸鬚，每條觸鬚都像燒紅了的鐵絲狠狠烙在皮膚上。劇痛中我拚命游回起點的木板階梯，見手臂和胸膛纏滿了一截截滑黏黏的觸鬚，像濃痰那樣，有的欲斷還連，叫我劇痛中感到噁心。黃師父見了，一邊安慰我，叫我別怕，一邊和其他泳客把我帶到急救處。急救處的醫護人員馬上用清水和棉花抹去我手臂和胸膛的白炸觸鬚，並在傷口塗上亞摩尼亞（ammonia）液。[3] 從急救處出來，兩臂和胸膛仍痛如火烙，上面已出現一條條殷紅的傷痕，彷彿遭鞭子狠狠鞭過。此後幾天繼續敷藥，傷痕的刺痛才漸漸舒減。五十多年後的今天，右邊上臂內側，兩三條寬四五毫米、長二釐米到四釐米的瘢痕仍隱約可見，彷彿在展示我游泳生涯中最大的敗績。這敗績，是童年所受的笞刑，也是學習自由式的代價。

---

3　化學品ammonia ($NH_3$)，香港人叫「亞摩尼亞」；水中溶液，叫"ammonium hydroxide"，一般叫"ammonia solution"或"ammonia water"，以"$NH_3$(aq)"表示，又稱「氨水」。遭水母蜇到，搽亞摩尼亞會留疤痕，未知是否正確的急救法。

像「棺材板事件」一樣,「白炸事件」沒有叫我恐水。

此後,在輝煌的「維多利亞時代」展開前,在上環永樂街中央冰室喝了好立克、阿華田,吃了西多和鷹嘜／壽星公煉奶燕麥片,大部分卡路里都在鐘聲的海中燒去,一個瘦小的「鄉下仔」開始長大增高。在鄉間,母親無微不至,養育兒子有希臘作風的細膩;在香港,父親注重鍛煉,養育兒子有斯巴達作風的雄武。剛柔相濟,兒子得了不少好處。[4]

後來,在鐘聲參加了香港拯溺總會主辦的拯溺班課程,學習如何拯救遇溺的人,一旦被惶恐的遇溺者箍頸如何拆解,拆解後又如何把他救回岸上,替他清除口腔的外物,再替他做人工呼吸。經過一個暑期的水陸訓練,考試及格,獲拯溺總會頒發證書。幾十年後,跟家人在波多黎各二萬八千呎之上的大西洋戲水,見沙灘上豎着觸目驚心的告示:「本沙灘並無救生員值勤。泳客遇險,責任自負。」心中不禁暗忖:「唔,許多泳客都給嚇走了;怪不得入水的人這麼少。」沒有給嚇走的泳客中,有鐘聲拯溺班的一名畢業生。

鐘聲,也讓我獨自划着舢舨,划出泳棚的禁區外,在西環海面感受海潮的偉力。在舢舨漸沖漸遠,有沖出汲水門的危險,看來再不能划回維多利亞港之際,我體驗了另一次驚惶;驚惶後自覺渺小,知道「信心爆棚」會帶來甚麼後果,彷彿在閱讀《聖經》和古希臘悲劇前上了一堂預備課。

---

4　父親如何注重體魄鍛煉,我在《武訓》一文中已有交代。在此不贅。

# 維多利亞時代

一九五八年返回出生地香港，一九六一年參加小學會考。跟其他考生一樣，在報考表格上填寫了三個志願，即希望入讀的三所中學。第一志願：皇仁書院；第二志願：英皇書院；第三志願：聖保羅男女中學。考試結果公佈，第一志願如願以償。現在回顧，深覺返港不足三年的那個「鄉下仔」選擇正確。

報考表格中的首、二、三選，都是香港的一流名校，相等於英國的伊頓。我的第一志願，尤其如此。為了避免罹「自大」之嘲，就稍引一位學弟的「論述」吧。這位學弟，日後牛津畢業，以大律師地位在香港某著名報章上「滋事尋釁」，既自豪，又「招積」地說：他在皇仁唸書時，一位英國老師上課時告訴全班學生，英國人有這樣的公論：香港大學成立前，皇仁是蘇彝士運河以東最優秀的學校——蘇彝士運河以西，最優秀的學校自然是牛津、劍橋了。

英皇、聖保羅如何優秀，英皇和聖保羅校友自會申述，甚至會長英皇／聖保羅志氣，滅皇仁威風。在這裏，如果我不長皇仁志氣，不滅他校威風，就辜負母校培育之恩了。

就我所知（不知的恐怕不少），世界有數對雙子學校。

所謂「雙子」，指彼此地位相埒，伯仲難分；提起甲，大家會想起乙；提起乙，大家會想起甲。這幾對雙子學校，分別是英國的牛津－劍橋、中國大陸的北大－清華、香港的港大－中大、皇仁－英皇。[1]美國有雙子學校嗎？就我所知、所感，好像沒有。哈佛，多年來一直是公認的第一，要找另一所大學與哈佛合成雙子，恐怕不易找。傳統上，常常聽人説哈佛－耶魯，但哈佛－耶魯的關係，就個人印象而言，好像與牛津－劍橋、北大－清華的關係稍微不同。在英國，把牛津、劍橋並列，就可以一錘定音，再無第三所大學要擠走牛津或劍橋，成為雙子之一。在中國大陸，把北大、清華並列，九百六十萬平方公里內，也不會有另一所大學不服氣，要取北大或清華之位而代之。在美國，你把哈佛、耶魯並列，普林斯頓、史丹福、加州柏克萊會覬覦耶魯的地位。

再說皇仁、英皇。香港人提到這兩所官立名校，絕大多數會先提英皇。我每次聽了，都老大不高興；想「面斥」「虛言惑眾」者，又覺「不雅」，結果總礙於禮貌，無從糾正。首先，皇仁成立於一八六二年，歷史比一九二六年成立的英皇悠久得多。第二，英皇雖然也人才輩出，但創立時間較短，其風雲人物列起陣來，要遜於皇仁——即使皇仁的王牌孫帝象不出陣。[2]香港人有錯覺，是因為他們受中

---

1　皇仁—英皇，今日是否香港中學的雙子，我不敢肯定；但一九六一年小學會考前，兩所中學的雙子地位則無可置疑。

2　「孫帝象」是國父孫中山入讀皇仁時註冊的名字。

國傳統影響，尊男卑女，認為英皇書院（King's College）的 "King" 高於皇仁書院（Queen's College）的 "Queen"。中國男人，甚至以女皇帝武則天為妖孽。秉承了這一傳統，駱賓王奮筆寫下《為徐敬業討武曌檄》，罵她「蛾眉不肯讓人」，「包藏禍心，窺竊神器」；此後一直在《古文觀止》裏告訴啟蒙期學生，女皇帝應該討伐。英國的情形恰巧相反：英國歷史上最出色的君主有二：伊麗莎白一世和維多利亞。伊麗莎白一世治下，國力不說，光是文學，在英國而言是史無前例，至今亦無後繼；獲選為世界千禧作家的莎士比亞，就在伊麗莎白一世治下寫作。至於維多利亞，則在任內把大英帝國的國力推向前所未有的高峰，其太陽不落的幅員，足以叫成吉思汗真正「思汗」，因為成吉思汗會汗顏。在大不列顛，兩位女王都沒有男性君主能夠匹敵。皇仁書院的 "Queen"，所指就是維多利亞女王（Queen Victoria）。[3]

維多利亞女王的學校樓高兩層，就香港中學而言，有獨一無二的氣象；既叫其他中學艷羨，[4] 在寸土尺金的香

---

[3]　嚴格說來，英語的 "Queen"，該譯「女王」； "Empress" 才與「女皇」相應。也就是說，維多利亞、伊麗莎白一世、伊麗莎白二世是女王；武則天是女皇。當然，我們也可以說，維多利亞是大英帝國（the British Empire）的君主，這位君主名為 "Queen"，實為 "Empress"，因此 "Queen's College" 譯為「皇仁」，並無不妥。身為皇仁校友，我個人當然希望賜母校嘉名的女「王」，戴一頂「白」色冠冕。

[4]　香港華仁書院，坐落山上，樹木葱蘢，下臨灣仔，氣象與皇仁不相伯仲。不過讀者看了下文，就會覺得，經過最後回合的決賽，冠軍仍是皇仁。

港,更叫地產商垂涎。皇仁西邊,是海軍球場,有遼闊的空間讓校內的小比利、小馬拉當拿、小施丹發展。正門高士威道以北,是更遼闊的維多利亞公園。維園空間之浩瀚,足以在皇仁學生的懷中醞釀軒轅六合的大志。

維多利亞公園有樹木、亭台、籃球場、足球場,還有上世紀六十年代全港唯一的泳池——維多利亞泳池。說到這裏,讀者大概會同意,即使不談歷史,不談風雲人物的陣容,皇仁書院也應該是我這個小水妖的不二之選:英皇書院和聖保羅男女中學,分別面向般含道和麥當奴道,外面都沒有維多利亞泳池;居高臨下,睥睨灣仔,氣象直追皇仁的香港華仁也沒有。

維多利亞泳池長五十米,設施達奧林匹克標準。當年,香港所有的公開泳賽都在這裏舉行。從皇仁正門橫過高士威道,不數分鐘,就到達維多利亞泳池。從中一至中七,到了夏天,下課後常常到那裏游泳。我的銅鑼灣歲月,由維多利亞學校和維多利亞泳池均分,再無第三度空間可以置喙。

維多利亞泳池,池底和四邊池壁都嵌以雅潔的瓷磚。付了入場費,一進更衣室,我就會迫不及待,匆匆更衣,走過潔身、潔足的淺水淋浴過道,一出來,兩萬多立方米的晶藍池水就淹入雙瞳。這時候,如果不能下水,處境會像希臘神話中的坦塔羅斯一樣淒慘。從鄉下的魚塘到維多利亞泳池,我像凡人升到了天堂。是的,在這座泳池裏,我不必喝

小便，不必一邊游，一邊想到不遠處的木水廁有人在排洩。在塘中潛到水裏，伸手不見五指；在維多利亞泳池，水底和水面一樣，都清澈如鏡。每次下水，都會游上三千到五千米。由於經常到維多利亞泳池游泳，更衣室的工作人員都熟悉如朋友。

這時，我的蛙式、自由式、背泳、蝶泳已大有進境；在池中練水，來回游弋間，旁邊如有不認識的泳者要超前，暗中跟我比試，我總會馬上加速，不讓這位無名競賽者在一場非正式比賽中把我擊敗。就記憶所及，在維多利亞泳池的非正式比賽中，我一次也沒有輸過。但是我不會沾沾自喜，因為暗中向我挑戰的絕大多數泳者，不過是游勇；贏了游勇而感到得意，就太不像話了。

我這樣在維多利亞勤練，而且寓練習於娛樂，不久就成了校中傑出泳手，每年水運會中，不管唸低班時游乙組還是唸高班時游甲組，都獲全場個人總冠軍，為賴特社（Wright House）奪分爭光。

所謂「個人總冠軍」，指個人參加的三項賽事成績總分最高。結果除了個人金牌，還會得到銀盃，在皇仁校刊《黃龍報》上留下紀錄。

在皇仁期間，所有賽事都叫我難忘。同樣難忘的，是代表皇仁參加友校的接力邀請賽。在皇仁七年，游了多少邀請賽呢，現在已記不清了。較難忘的學校是英皇書院和伊利沙伯中學。兩所學校像皇仁一樣，都是官校中的名校；三校

舉辦水運會時，常常彼此相邀。

接力賽是水運會最精彩的項目；四乘五十米的接力賽，足以叫觀眾屏息，叫他們把嗓門提到最高頻為自己的泳隊打氣。不過，無論觀眾怎麼大喊高呼，水中健兒都不會聽到；他們只聽到浪濤急湧過雙耳和兩頰，看到池底的泳綫和左右兩邊泳道的對手；如果落在後面，還會看到對手雙脚踢起的水花。在校內的接力賽中，我經常游最後一棒。對田徑賽和游泳賽稍有認識的人都知道，接力賽中，跑最後一棒或游最後一棒的，是四個選手中跑速或泳速最高的健兒。賴特社眾泳手中，我游得最快，接力賽的第四棒，也就非我莫屬了。有時出賽前評估其他泳隊的實力後，知道賴特社泳隊穩操勝券，不必派最快的泳手游第四棒去收復失地——應該說收復失水，偶爾我也會游第一棒，目的是先聲奪人，挫其他泳隊的銳氣。[5] 在校外的接力邀請賽中，對手無論是英皇、伊利沙伯還是筲箕灣官立中學，我們都不敢輕敵，因為這些友校都有高手；結果第四棒都會落在我身上。游第四棒當然光榮，因為這時候你是眾望所寄，社稷的安危幾乎繫於

---

5　後來，賴特社有一位學弟陳湛英，一百公尺、二百公尺自由式都游得比我快。不過我們出賽時不會報同一項目，避免「自相殘殺」，結果總能「操控」全局，一再成為全場雙冠軍（如果皇仁泳賽像世界盃足球那樣，不容許雙冠軍出現，單冠軍一定是陳湛英）。這時，在接力賽中，我們可以輪流游第四棒了。我游第四棒時，陳湛英游第一棒；陳湛英游第四棒時，我游第一棒。這種雙雄共領風騷的局面，後來在港大水運會再次出現。陳湛英沒有進港大；港大的雙雄之一，是皇仁的一個水妖。詳見 "Ricci Hall! Champion Hall! Ricci! Ricci! Champion Hall!" 一文。

一身。不過游第四棒時，你也特別緊張。游個人項目時，一走出泳池的起點區，脫下運動外套，你的腎上腺素就會上湧；踏上微微斜向泳池的起跳平台，腎上腺素的流量更急促增加⋯⋯你的聽覺神經像高壓電綫，負載着幾百萬千瓦的高壓電，全場肅靜中靜候全宇宙最重要的聲音。——是的，這聲音，比宇宙成形時的大爆炸還重要⋯⋯號令槍砰的一聲，聲波還未逝入寂滅，我已像飛矢離弦，以四十度的銳角疾射入一池晶藍⋯⋯這過程，校外邀請賽中游第四棒的我也會經歷。不過游邀請賽時我會更緊張，因為我所負載的，除了個人榮辱，還有學校聲譽。是的，絕對不能讓英皇、伊利沙伯、筲箕灣官中泳隊返回學校把皇仁「唱衰」。於是，從第一位隊友撲入水中的一秒起，我的心臟就高速搏動，跟水中隊友的雙臂、雙足同起同落。隊友領先了，我歡呼；落後了，我厲叫⋯⋯如果隊友太緊張偷了步，泳隊的比賽資格被取消，我的心會剎那間沉入池底。不過我知道，隊友已盡了全力，患難中會上前安慰他，叫他別介懷——雖然安慰時要壓抑心中的沮喪。如果隊友沒有偷步，我一下水，就有兩種可能：如果前三位隊友贏了七八米，到達終點前我會把對手拋得更遠；如果前三位隊友落後，我會急起直追，把輸去的空間奪回，向看台上的觀眾證明，皇仁第四棒的地位，我當之無愧。讀者諸君哪，請勿見怪；少年人應該這麼「沙塵」，這麼「招積」嘛。奧運教練訓練世界級泳手時，一開始就要他們「沙塵」、「招積」，以長鬥志。

在校外邀請賽中，皇仁的成績一直不錯：每次出師，都坐亞望冠。

光榮或者虛榮，是參加校外邀請賽的一大收穫。另一大收穫，是曠課特權。參加邀請賽那天，出發的時間一到，體育老師就會到課室找我。這時，無論上數學、物理還是生物、化學，都可以在老師和同學眼前離開座位，奉命曠課。這時，除了上體育課的絕少數，全校千多名同學全部「禁錮」在課室裏，只偶爾有麻雀的啁啾從走廊外的草坪傳入耳朵。千多名同學被「禁錮」，只有你和泳隊的其餘三人，跟着體育老師大搖大擺走出正門，不愁校長出來截查。這一刻，你就會明白，當官的為甚麼都喜歡特權。

# 校際水運會

　　奧林匹克泳池，有八條泳道。第四、第五泳道，位於泳池中間。第一和第八泳道，位於泳池兩邊。[1]

　　全世界所有泳賽中，決賽時泳手都按下列安排出綫：初賽中成績最佳的泳手游第四泳道，成績居次的，游第五泳道，成績第三的，游第三泳道……成績第七的游第一泳道，成績居末的游第八泳道。[2] 這種安排，英語叫 "spearhead formation"（「矛頭陣容」），因為泳賽一開始，第四、五泳道的兩名泳手通常游得最快，兩邊的泳手依次慢下來；看台上的觀眾俯望，會看見泳池中八個泳手組成一個向前勁射的矛頭；眾泳手游回終點時，矛頭的形狀也常能保持。當然，在運動比賽中，勝敗有時難以預測：初賽未見出色的，決賽時可能神勇無比，獨佔鰲頭；初賽成績第一的，決賽時可能大熱倒灶，叫「擁躉」大失所望。這時候，首先到達終點的可能是其他泳道（包括第一和第八泳道）的選手。於

---

1　奧林匹克泳池的最新標準如下：長度五十米，有十條泳道，每條寬二點五米，泳池平均深度兩米，貯水二萬五千立方米，相等於五十五萬英式加侖，最左和最右的兩條泳道外側，尚留出規定的空間，避免池水和池壁相撞時形成的波浪影響第一和第十泳道內的泳手。

2　在十綫泳池中，初賽成績最佳的游第五泳道，成績第二的游第六泳道，成績第三的游第四泳道。以此類推。

是，泳池就不會有矛頭陣容；不過一般說來，按初賽成績排列的矛頭陣容還是挺可靠的，映入觀眾眼裏也最好看。

在皇仁校內的水運會，個人項目決賽時我都游第四泳道，位於矛尖；槍聲響後，也會不負眾望，自始至終把矛尖壟斷，以最短的時間到達終點，從來不會倒灶，也不會讓對手爆冷。

可是一出皇仁，進入校際水運會，我在各項賽事的絕對優勢馬上失去。在中學多年的校際水運會生涯中，游第四綫的次數極少；高手雲集時，我甚至游過第八綫。校內、校外有這樣的差別，非因我的狀態欠佳，游不出水準，而是因為對手太強。在游泳世界，永遠是一浪還有一浪高的。香港中學校際水運會的高手，也是香港公開泳賽的高手，其中不乏代表香港出席奧運的頂尖人物。這些頂尖人物，往往是香港各項泳賽紀錄的保持者。跟這樣的飛魚競爭，我怎能不輸呢？其實，我在校際水運會出賽時，由於挑戰特大，湧入血液的腎上腺素也特別充沛，結果常常打破自己在校內的紀錄。不過，個人最佳的成績與頂尖選手的高速相比，仍然是香港話形容的處境：「冇得 fight。」我游五十米自由式的個人紀錄是二十九秒。如果比賽項目是五十米，無論是自由式、蛙式、蝶泳、背泳，我即使輸，也不會輸得太難看。不過在一百米、二百米自由式兩個項目中，跟冠軍比較，我會輸得很尷尬；不是輸一頭、一肩，而是輸一個以至多個身位的距離；換言之，是輸得「離行離 lat[9]」。如何「離行離 lat[9]」

呢？下文會有交代。

在所有運動競賽中，泳賽賽得最君子。賽足球、賽籃球，「茅躉」的球員可以出各種陰招，[3] 或撞人，或揼人，或伸腳絆倒高速搶球的對手，叫他跌個餓狗搶屎。賽跑，尤其是長跑，也給狡詐的跑手不少可乘之機。比如說，自己跑得慢，就用盡方法阻擋後面的跑手。拳擊呢，你可以趁公證分神時「擊對手腰帶下部」（hit below the belt）；更不守規矩的，甚至會咬人，像邁克・泰森（Mike Tyson，香港人叫「泰臣」）一九九七年在重量級拳賽中狂咬對手艾凡德・侯利菲爾德（Evander Holyfield）左右兩耳一樣。無論是足球比賽還是籃球、排球、羽毛球、欖球、曲棍球比賽，都會有球員不服輸，甚至動手打球證。這類犯規行為，在泳賽中都不會出現。誰勝誰負，計時器（尤其是今日的電子計時器）一決定，就準確絕對如上帝的審裁。在這樣公平、透明的比賽環境中，脾氣最壞、品格最劣、最不講理的人也不會衝出泳池把計時器砸碎吧？春秋時代的孔子，在《論語・八佾》中這樣稱讚禮、樂、射、御、書、數中的射：「君子無所爭。必也射乎！揖讓而升，下而飲，其爭也君子。」泳賽中，泳手自然不會揖讓完畢才登上起跳台；贏了，也不會有工作人員給他們遞酒。不過獲孔子盛讚的射，也沒有泳賽那麼君

---

3　「茅躉」，粵語，指打球時為了打敗對手而不守球例，使出推撞、揼人、撩腿等小動作。

子。競射時，箭鏃壓界，插在圓心內外之間，你就難以定
輸贏。即使定了輸贏，不服輸的人如果生性暴戾兇頑，也會
有「舉長矢兮射裁判」的衝動。所以，即使競射，也沒有競
游那麼君子。在校際水運會中，我多次輸給比我強的泳手，
却從來不會不服氣，更沒有半點妒忌之心；不但沒有妒忌之
心，反而對勝利者充滿欣賞、羨慕之情。從朋友口中，聽過
一位著名學者的高見：妒忌是靈魂之癌。在其他競賽中，敗
者看不開，都有患靈魂之癌的危險；泳賽的選手沒有這樣的
危險。泳賽中，勝者勝得磊落光明；敗者敗得口服心服。
二零零八年，邁克爾‧菲爾普斯（Michael Phelps）在北京
奧運中贏得八面金牌，打破了馬克‧史畢茲（Mark Spitz）
於一九七二年在慕尼黑奧運所創的七金紀錄。史畢茲被後浪
推倒，却沒有不服氣或口出妒忌損人之言，反而大方地稱讚
菲爾普斯，說他是全球最偉大的運動員。但丁《神曲》中的
煉獄，能洗滌妒忌之心；泳池的淨水澄漪有相同功能；甚至
更進一步，叫敗者對勝者由衷佩服。

　　那麼，上世紀六十年代的校際水運會中，叫我由衷佩
服的泳手是誰呢？由於篇幅所限，不能一一羅列，在此僅舉
兩三個最突出的例子。

　　一九五八年剛返香港時，常常聽到父親和世叔、世伯
盛讚張乾文。張乾文是父親時代全港最傑出的泳手，有「太
平山飛魚」的美稱。不久，泳界出了位年輕後輩，叫溫兆
明。溫兆明後浪推前浪，在一次公開決賽中壓倒了張乾文，

取「太平山飛魚」之位而代之。張溫大戰，於一九五八年之前舉行，我無緣得睹；只能聽父親、世叔、世伯口述。當時泳界的公論是：張乾文勝在泳姿優雅而「去水」，[4]溫兆明勝在踢撥有勁而迅疾。然而，溫兆明這股後浪推倒了前浪張乾文不久，本身也逃不了游泳界後浪推前浪的定律；過了不久，後面又有後浪湧來。這股後浪叫王敏超。[5]

王敏超是代表香港參加奧運的選手，三屆渡海泳冠軍，從水平綫湧出後，很快就打破了溫兆明的紀錄，情形就像溫兆明打破張乾文的紀綠一樣。王敏超一出現，馬上成為香港游泳界的新焦點。這樣的頂尖高手，如果一直在公開泳賽中所向披靡，讓我遠距離驚視、讚嘆，我大概仍能在皇仁的舊秩序中像河伯那樣自得其樂。偏偏王敏超與我同輩，在

---

4 「去水」，形容詞，是香港游泳界的術語，指泳者有天賦，浮力大，手腳不必太用勁，身體就迅疾前射，比賽時顯得從容瀟灑，氣定神閑。

5 雖然王敏超之後不足三十年，又要讓位予另一股後浪方力申。方力申呢，今日又把「飛魚」的榮銜讓給更後的後浪了。王敏超，生於一九五二年。方力申，生於一九八零年。後浪推前浪現象，在游泳界最為明顯。先說小巫世界：我在皇仁和港大都創下多項紀錄；但離開皇仁和港大後，所有紀錄瞬即被後浪淘汰。再說大巫世界：上世紀二十年代，尊尼‧威士慕拉是全世界最快的飛魚；今日，不要說奧林匹克泳賽的奪標者，即使一名普通的國家級女泳手，都不知比威士慕拉快多少。今日，男子五十米自由式的世界紀錄是二十點九一秒，是巴西泳手塞薩‧謝洛（César Cielo）於二零零九年十二月十八日在巴西聖保羅（São Paolo）CBDA巴西公開游泳錦標賽所創。男子一百米自由式的世界紀錄是四十六點九一秒，是巴西泳手塞薩‧謝洛於二零零九年七月三十日在意大利羅馬世界游泳錦標賽所創。以小巫跟大巫中的英雌比較：我游五十米自由式的紀錄是二十九秒；女子自由式的世界紀錄是二十三點七三秒，是德國女泳女貝麗妲‧斯特芬（Britta Steffen）於二零零九年八月二日在意大利羅馬世界游泳錦標賽所創。我即使返老還童，跟這位英雌比賽，也會慢如蝸牛之於兔子。

香港校際水運會中相逢，彼此的關係像李世民之於虬髯客。於是，在皇仁雄霸一水的人，一出校際水運會，尤其在二百米自由式決賽中，就毫不足觀：王敏超像大白鯊那樣到了終點，我仍在十多米外像水魚那樣拖着倦軀、踢着倦腿「堅持到底」，發揚「體育精神」。在泳賽中，以十多米的距離輸給對手，是很難看的輸法，就像二零一四年世界盃足球決賽時巴西以一比七輸給德國那樣。[6]

輸給王敏超的，不止我一人；凡是跟他游同一項目的選手，都要像我一樣「陪太子讀書」，襯托襯托，以他們之「慢」襯托王敏超之「快」。

王敏超的必殺技，是一百米、二百米自由式、一百米、二百米蝶泳。看王敏超游自由式，你會想起「乘風破浪」這個成語。王敏超前進時，像極了以引擎推動的快艇，前額急劈着一池水晶，池水像瀑布澎湃，滔滔從雙肩向背部疾瀉，雙足變成了強力電動引擎，捲起翻騰不絕的白浪。游蝶泳時，王敏超更叫識者擊節。所謂「識者」，指游不過他的同輩泳手。不懂水性的外行人，只會說他快，不會像我們

---

6　這場世界盃決賽，電視直播時我也看了。我不是足球迷，甚麼是「越位」也不懂，獲朋友指點後很快又忘了。因此不止一次，對球迷朋友說：「告訴你們，我不是輕易看足球的。足球勁旅要獲我垂注，必須打進世界盃八強。」在巴西對德國這場叫全地球矚目的球賽中，德國隊入球之多之頻，叫幾十億觀眾不忍卒睹，在興奮的同時又心生惻隱，憐憫巴西隊的球員、領隊、教練。這一惻隱，最後也在德國球員的心中萌發。於是，充滿悲憫的德國隊腳下留情，讓巴西隊「破蛋」，否則球賽的結果說不定會變成n比零。

那樣，懂得如何欣賞他的過人處。游泳賽的四式，以蝶泳最為壯觀。蝶泳的速度雖稍遜於捷泳，但動作極富對稱美，其起伏、張臂、俯首、仰額、彈腰、鞭腿以至滾滾不絕的波浪式前進，都特別叫觀者矚目，非其餘三式可比。不過，蝶泳雖然壯觀，却最耗體力。以個人為例，五十米的比賽，我可以由起點一直衝到終點；過了五十米，雙臂就會慢下來；到了七八十米，更會像濕翅蝴蝶，舉臂維艱。王敏超游一百米、二百米却完全兩樣：臉部微仰，以絕少的時間吸入氧氣，怒張的雙臂同時貼水前掠，未到半途，頭部已俯回水中，腰部遒勁地起伏，雙腿如海豚扇濤，晶浪滔滔從肩胛湧落碩背。說時遲，那時快，泳手的身體在律動起伏間已像彈性的紡錘前射了十多米。王敏超，是我那個時代香港校際水運會中無可爭議的大明星。

王敏超之外，陸家三傑也是我欣賞、佩服的泳手。三傑以陸經緯為長，是大哥，一千五百米自由式決賽是他的個人表演：入水不久，就會把其餘參賽者遠遠拋在後面；到了終點，其餘泳手不知仍要在泳池中來回多少次。陸經緯妹妹陸錦綉，以背泳在女子組揚威。三弟陸海天，自由式雖然比不上王敏超和哥哥陸經緯，却也在個人項目中有出色表現。

在歷屆中學會考、大學入學試以至近年的高級文憑考試中，皇仁的表現沒有一所學校能出其右，是名副其實的「狀元搖籃」。皇仁學生，拿八優、九優、十優簡直是探囊取物。然而，身為皇仁校友，我有兩大遺憾。第一遺憾

是：過去一百五十多年，皇仁校友中的政治家（尤其是孫帝象）、商業家、銀行家、大醫生、大律師、政府高官、大公司總裁……叫我自豪，也讓我叨光；可是，皇仁迄今仍沒有出過一位崔琦，加入以愛因斯坦為首的行列。第二遺憾是：皇仁迄今未出過一位王敏超。

我的第二遺憾，已間接說明皇仁在校際水運會的地位有多高了。校際水運會，香港所有中學都有資格參加；群雄之多，自不待言。在上世紀六十年代，校際水運會中，就成績而言，參賽的學校大致可分三綫。皇仁、英皇、伊利沙伯三所官立學校，大致屬第二綫；同屬第二綫的，還有拔萃男校、拔萃女校、聖士提反男校等補助學校（Grant-in-Aid School）。屬第一綫的，有喇沙書院、英皇喬治（香港叫「英皇佐治」）五世學校（King George V School，簡稱 "KGV"，一般稱 "K G Five"）、聖喬治（香港叫「聖佐治」）學校（St. George's School）。王敏超是喇沙學生。[7] 喇沙在游泳界的地位自然無可置疑。英皇喬治五世學校，錄取的大都是外籍學生，有點像今日的國際學校。陸家三傑，都出自 KGV。聖喬治學校，錄取的主要是駐港英軍的子女。我這樣詳細描述水運會的第一綫學校，讀者大概會明白，這三所學校的泳手為甚麼特別出色了。喇沙是名校，在香港的公開試中，自然有名校水平，但跟「狀元搖籃」比較，仍然有一段距離。可

---

7　王敏超和李小龍，是喇沙的水陸雙雄。

是論游泳，皇仁却遜於喇沙。喇沙既然有一位因打架而被開除，然後成為超越黃飛鴻、洪熙官、方世玉的武術宗師，那麼，這位宗師的學弟在水中有甚麼本領，就不難想像了。KGV的學生主要是洋人或富裕華人的子女，體魄強健，先天後天都佳，又不用參加壓力達世界級水平的香港公開試，身心發育不受杯棬之刑，在泳池（通常是私家泳池）習泳的條件又特別優越，水運會中怎會不出人頭地呢？聖喬治學生是駐港英軍的子女，全是洋人體魄，也不用考香港公開試，所佔優勢與KGV學生相同。此外，三所學校的許多選手，如王敏超、陸家兄弟/妹，都是勵進、海天等著名游泳會的成員，長期有專業名教練指導、訓練。皇仁的選手，包括我本人，都不屬任何游泳會，僅靠自己有空時到維多利亞公園的公眾泳池「自修」。[8] 因此，校際水運會中，前三甲大都出自三所第一綫學校。四人接力賽中，不管是自由式還是背、蛙、蝶、捷的混合四式，游第四、第五、第三泳道的，也常常是喇沙、KGV、聖喬治的泳隊。喇沙隊有王敏超，跟隊友魚貫步入起點區時，就會以「倚天一出，誰與爭鋒」的態勢睥睨群雄；未下水，已經氣吞河岳。

　　跟三所一綫學校或拔萃男女校相比，皇仁還有一大弱點：缺乏啦啦隊打氣。這五所學校，不管在初賽日或決賽

---

8　後來在泳池中勝過我的皇仁學弟陳湛英受勵進訓練，是我所知的唯一例外。

日，都有大批同學到場支持吶喊，聲勢浩大；皇仁呢，是一盤散沙，到場的只有體育老師和組成泳隊的十多人；其他同學，都「各自精彩」，絕少到場給我們打氣。上世紀六十年代，校際水運會都在維多利亞公園泳池舉行。所有參賽的學校中，皇仁離泳池最近；以足球術語說，皇仁是「主隊」，他校全是「客隊」。不過皇仁隊雖佔盡地利，可惜沒有泳會訓練，沒有啦啦隊捧場、打氣，地利的優勢無從發揮；在校際泳賽中，也就平平無奇了。

於我而言，這一切都不要緊，因為在水的國度，我早已到了「無入而不自得」的境界。每年九月，皇仁一開學，我到維多利亞公園泳池的自我訓練就進入密鑼緊鼓階段。這時候，南中國已有秋意，泳池的水，粼粼有秋風輕盈的足迹。從學校往泳池途中，我已經開始期待，一個月後，在全港中學校際水運會中，穿上繡有QC兩個字母的運動服，跟隊友從更衣室走進泳池，看晶藍池水的上空彩旗招展；然後跳進水深及腰的熱身池緩游熱身；從熱身池出來，以大毛巾抹去身上的水，穿上運動服，與隊友走上看台，懷着期待和興奮的心情坐下來，凝神聽擴音器召集選手的聲音在池面上空迴蕩。這時，我的腎上腺素會急促增加。聽到自己的項目第一次召集，就懷着昂揚的鬥志到泳池起點區向大會工作人員報到；報到後脫下運動服，彎腰甩臂，鬆弛筋腱，然後坐在起點區的椅子上，精神凝聚如激光；時間一到，就按裁判的指示離座，向前，蕭然踏上起跳台；聽見司令員一聲

"On your mark!"(「各就各位!」),就充滿自信地彎腰、俯首，眼睛以四十度銳角凝望着五米外的池面⋯⋯天地凝寂間砰的一聲槍響，我已經化為飛矢斜射入虛空⋯⋯讓我，五十年後，遙在萬里外看一個少年的絢爛回憶，在維多利亞公園醇和的秋陽下定格，繽紛如彩旗。

# "Ricci Hall! Champion Hall! Ricci! Ricci! Champion Hall!" [1]

一九六八年，大學入學試後獲港大錄取。

入學前，新生都要申請宿舍舍籍，錄取後或寄宿，或走讀。最受歡迎的一兩所宿舍，申請者多，競爭特別激烈。位於薄扶林道九十三號的利瑪竇宿舍（Ricci Hall），是最受歡迎的宿舍之一，多年來向隅者眾。獲港大錄取前，我也知道利瑪竇的地位有多高；獲港大錄取後，也想進利瑪竇。不過還未遞交表格，利瑪竇宿生會的幹事已跟我接觸，邀我加入他們的宿舍。

上世紀六十年代，港大宿舍（現在叫「舍堂」）錄取宿生或附屬生之權，全在宿生會手中，舍監不會過問。進港大各學院、各學系，入學試成績越優秀越好；進宿舍，入學試成績通常不是考慮因素。為甚麼會這樣呢？道理很簡單：港大各宿舍中，成績優異的學生多不勝數，其中不乏狀元；因此，你即使在中學會考和大學入學試分別拿十優和四優的「滿貫」成績，申請宿舍舍籍也不會有優先權。你是狀元嗎？宿生會各幹事所見的狀元多的是，甚至本身就是狀元，

---

1　這是香港大學利瑪竇宿舍學生在運動比賽中所喊的口號/戰歌，可意譯為「利瑪竇！無敵手！利宿利宿無敵手！」香港中文大學的學生臨時宿舍，簡稱「臨宿」；利瑪竇宿舍也可簡為「利宿」。

你在他們眼中不過是尋常人。以利瑪竇的宿生會為例，我進港大那年，宿生會主席林孝文，就是會考狀元，來自香港華仁，據說智商滿分，是醫學院頂尖人物。各學院大考前，所有同學（包括全港大最優秀的醫科生）都長駐「拉記」，[2] 埋首筆記或課本中，晚飯後整座宿舍寂靜無人。這時候，你會聽到桌球室噼啪有聲。你心裏納罕：大家都在秣馬厲兵，寢食不寧，緊張地準備應付即將來臨的大考了，誰還有閑情逸致在桌球室「篤波」呢？[3] 你到桌球室一看，見林孝文一人在打桌球消磨時間。港大醫學院，以考試嚴苛馳名，進了醫學院而畢不了業的大有人在。因此每年考試，幾百名未來大國手都比其他學院的同學緊張。但每次考試結果公佈，這位宿生會主席總瀟灑過關。智商滿分的狀元，怎會不過關呢？日後，林孝文與亞洲首富連襟，也證明亞洲首富的小姨有眼光。好了，有這等來頭的主席主持宿生會遴選新生的工作，你還敢奢望以考試成績叫遴選委員會刮目？

那麼，宿生會對誰會刮目呢？你問。答案是：「波牛」、獵豹、水妖。[4] 港大宿舍，最重視體育活動的表現。你

---

2　「拉記」，指圖書館，英語 "library"。半鹹半淡的粵譯，是港大學生的口語詞。

3　「篤波」，香港粵語，指打桌球。「篤」，指桌球棒擊桌球的動作；「波」，指球；香港粵語的「打波」，就是打球；「波」在這裏指桌球。

4　「波牛」，香港粵語，指沉迷球類（尤其是足球）活動的年輕人。「獵豹」，又稱「印度豹」，英語叫 "cheetah"，學名 "Acinonyx jubatus"，時速高達一百一十公里，是陸上跑得最快的動物。這裏用來比喻出色的田徑運動員。英語 "cheetah"，源自印度語 "chita"（意為「有斑點的」）。資料錄自《維基百科》和網頁《東非大自然》（多倫多時間二零一五年十月二十二日下午十二時三十分登入）。

107

"Ricci Hall! Champion Hall! Ricci! Ricci! Champion Hall!"

在港大入學試有驕人的佳績，負責遴選的學長會對你説：
「佳績於我何有哉！」「波牛」、獵豹、水妖就不同了：他們
可以在球場，在田徑跑道，在維多利亞泳池為宿舍爭光。由
於我是水妖，一進港大就獲尊貴的待遇：未遞宿舍申請表，
已經有不止一所宿舍的幹事游説我加入他們的大家庭。這些
幹事消息靈通，大概港大入學試一放榜，就知道一隻水妖會
從銅鑼灣一所中學游進港大；於是要捷足先登，以「第一時
間」覓妖、邀妖。不過由於我對利瑪竇早已嚮往，一獲利瑪
竇幹事禮遇，就不再思遷。

　　上世紀六七十年代，港大十月才開課。開課不久，就
舉行宿舍際（Inter-Hostel）水運會。水運會在維多利亞泳池
舉行。決賽時間都在晚上，以方便日間上課的同學到場為自
己宿舍的泳隊打氣。

　　九月，我獲利瑪竇錄取，馬上應邀參加賽前訓練。利
瑪竇宿舍的同學，家境平均勝過皇仁同學。所以如此，是因
為利瑪竇宿舍由天主教耶穌會創辦管理，宿生大都來自香港
華仁、九龍華仁、喇沙、聖約瑟等天主教名校。這些名校，
不像平民化的官立學校皇仁、英皇、伊利沙伯，都是香港
人所謂的「貴族學校」，學生的出身往往非富則貴，上學、
放學有司機駕着平治（Mercedes-Benz）、[5] 積架、勞斯萊斯
接送的大不乏人。皇仁的學生呢，家境一般較清貧。十多

---

5　德國名車牌子 "Mercedes-Benz"，香港譯「平治」，大陸譯「奔馳」。

年前，《維多利亞時代》一文提到的「招積」大律師學弟，在報章上向讀者宣佈皇仁在蘇彝士運河以東的地位後，還發表了續篇，詳細列出皇仁畢業的社會名人唸書時父親的職業，其中屬「低下」階層的為數不少。可見皇仁學生和華仁、喇沙、聖約瑟學生不可同日而語。我在利瑪竇時，就有多位來自天主教中學的舍友以跑車、房車代步。利瑪竇舍友的貴族家境，我第一次參加宿舍的賽前訓練就得見一斑了：供我們訓練的泳池，不在維多利亞公園，而在利瑪竇西邊豪宅區的府第，由學長方津生（陳方安生弟弟）借來。我坐着同學的私家車來到深樹叢中的大宅，跟舍友一起更衣，鳥聲中跳進游泳生涯的第一個私家泳池，心中有奇異的感覺。以棺材板和糞溺為游伴的小孩，有一天發覺「同學少年多不賤」，怎能不感到奇異呢？

參加了豪宅私家泳池的「下水禮」後，一直到十月港大水運會前，我都跟利瑪竇泳隊天天乘二十三路巴士從宿舍往維多利亞泳池勤練各種泳式。我說「勤練」而不說「苦練」，是因為撲進了泳池，我只會有樂，不會有苦。每個黃昏，在水中游完三千至五千米，就會跟隊友坐二十三路巴士返回利瑪竇。一衝進浴室，就一邊唱着披頭四的流行曲，一邊讓蓮蓬頭的大水直射胸膛、肩背。淋浴完畢，就穿上牛仔褲和爽潔的T恤，[6] 意氣昂揚，走出薄扶林道，在何東女子宿舍門

---

6　「T恤」，是英語 "T-shirt" 或 "tee shirt" 的粵音港譯。

前候車，見二十三路巴士從蒲飛路那邊駛來，就一擁而上，東馳往般咸道的莎厘娜西餐廳吃西餐，[7] 或到西環德記酒家吃「大蓉」、「細蓉」。[8] 如果訓練結束時肚子已咕咕作響，來不及去莎厘娜或德記，就嘯聚銅鑼灣的食館或茶餐廳，一邊狼吞虎嚥，喝地道的「港式奶茶」，一邊聽「對口相聲」。[9]

十月，水運會如期在維多利亞公園泳池舉行。

利瑪竇錄取我之前，在水運會的成績已經稱霸港大，沒有一所宿舍堪與匹敵。泳隊中的學長蘇忠平，是前一年（一九六七年）水運會全場個人總冠軍。我加入利瑪竇泳隊後，幹事會知道我與蘇忠平泳速不相上下，為了避免馬孟起戰趙子龍的鬧牆局面，決定不讓我們在同一項目中相殘。於是，自一九六八年到蘇忠平畢業前，蘇、黃都各據一方，只與聖約翰宿舍（St. John's College）、大學宿舍（University Hall）、明原堂（Old Halls）的強敵鏖戰，絕不在同一項目的賽事中相逢。這一策略，蘇、黃兩個水妖配合起來絕無困難，因為五十米、一百米、二百米、四百米自由式、五十米蝶泳、一百五十米背、蛙、捷個人混合三式（Individual Medley），蘇、黃的泳速都無人可及。於是，蘇、黃二人，每年都輕易瓜分了六項個人賽事，結果毫不例外，也絕無意

---

7　我的莎厘娜經驗，詳見《莎厘娜》一文（收錄於散文集《琥珀光》）。

8　「大蓉」、「細蓉」，香港口語，指大雲吞麵和小雲吞麵。在粵語「大蓉」、「細蓉」兩詞中，「蓉」唸第二聲，如「絨」或「冗」。

9　香港茶餐廳的「對口相聲」，我在《縮腳歲月》（收錄於散文集《第二頻道》）一文中有詳細交代。可參看。

外，都分別奪取三面金牌，同時成為全場個人雙冠軍，年年如是。至於接力賽，無論是四乘五十米自由式、四乘一百米自由式或四乘五十米背、蛙、蝶、捷四式混合賽，利瑪竇泳隊也「從頭帶到尾」——用現在流行的口頭禪說，是「絕無懸念」。讀者如有懷疑，不妨翻查一下一九六七到一九七一年香港大學的學生報《學苑》，看看蘇、黃二人，在裏面留下了多少「威震水上」的「威水」紀錄。

當然，利瑪竇猛將如雲，蘇、黃以外，還有許多出色泳手，背、蛙等項目也獨當一面，為宿舍奪分爭光。身為泳手，我以他們的表現為榮。結果，水運會決賽那天晚上，百多二百名利瑪竇宿生、舍友，不管有沒有參賽，都會穿好特備的衣服，等宿生會主席領了獎，把全場集體總冠軍的巨大銀盃高高擎入夜空，搖動泳池的燈光和水光，然後齊聲高呼："Ricci Hall! Champion Hall! Ricci! Ricci! Champion Hall!"。呼聲雄壯嘹亮，不但撼動泳池的池水，也傳入泳池旁馬寶山餅乾廠工友的耳朵。利瑪竇的這首戰歌，有輝煌的戰績支撐，因此絕非「大隻講」，[10] 也非假、大、空。自豪、「招積」的喊聲剛落，百多名Riccians，[11] 不管大仙、小仙、舊生、新生，[12] 就會連衣帶褲跳進泳池。所謂「連衣帶褲」，

---

10　「大隻講」，香港俗語，指空口說大言，「得個講字」。當然，「得個講字」也是香港俗語，意思是「只知說空話」。

11　"Riccian"，指利瑪竇人。決賽那天晚上，到維多利亞泳池捧場的，不乏早已離開宿舍的畢業生。

12　「大仙」，也是不鹹不淡的翻譯，指宿舍中的senior（學長），尤指輩分特高的學長。

包括襯衫、西褲、夾克、領帶。見宿舍在周年水運會獨佔鰲頭，衣衫盡濕又何妨？這種「癲法」，是大學生的專利，也是利瑪竇宿舍的傳統。泳隊成員，領獎後一直穿着泳褲，只披上了運動服，當然也樂於再度下水了。

　　一個鐘頭後，西環水街的德記酒家，就被喧嘩的利瑪竇人佔據。利瑪竇的祝捷大會，到凌晨才會結束。

＊　二零一六年九月二十三日，發表於電子報刊《灼見名家》文化版。

# 重拾榮耀

　　港大本科三年，一如皇仁七年，是我游泳生涯的輝煌歲月。在這段歲月中，參加任何個人項目，都獲金牌。

　　皇仁水運會、全港中學校際水運會、全港大專水運會的獎牌，大小與今日香港的五圓硬幣相若。港大水運會的獎牌，比三個水運會的獎牌都大得多，與奧林匹克運動會的獎牌不相上下，繫以藍白紅三色絲帶——奧運獎牌的特徵，可以仿效的都仿效了。獎牌由九龍彌敦道寶豐體育用品公司製造，設計、雕鏤都非常精美，氣派與別不同，叫我第一次領獎時有驚艷的感覺。港大水運會的獎牌能「一洗萬古凡馬空」，主要有兩個原因。第一，港大游泳會的經費充裕，不計較獎牌的價錢。第二，游泳會幹事有眼光，能取法乎上上，以世界級運動會為師。因此，同是水運會，在港大水運會拿獎牌的感覺就與別不同。

　　到了大學第二年，已參加兩屆水運會，手中已有十二面金牌，分別在個人和接力項目中贏取。[1] 這些金牌，在宿

---

1　就我所知，「獎牌」的量詞有三：「枚」、「塊」、「面」。「枚」字叫人想起小型球體，不大準確。「塊」字太粗野，太籠統，如原始人觀物，事物的功能不加區分（在大陸，「手錶」也叫「一塊」，與石頭、瓦礫無異，未免太煞風景）。形容獎牌時，該棄「枚」、「塊」而取較文明的「面」。「旗幟」、「獎牌」都叫人想起積極或含有褒義的活動；旗幟的標準量詞是「面」；「獎牌」（不管是「金牌」、「銀牌」還是「銅牌」）有同等地位，應該獲同等待遇。因此，十三億雖然人多勢眾，其約定俗成不一定可取。其他例子，如「非典」（非典型肺炎）、「防長」（國防部長）、「航母」（航空母艦），都是懶惰而粗野的簡化詞。

舍的房間閃閃生輝，給少年人的虛榮心極大的滿足。有時候，兩手各捻藍白紅絲帶，讓懸垂在絲帶末端的兩面金牌搖蕩輕碰，入耳的鏗鏘金聲有如天籟，十分動聽。不過那時候有一個「招積」的「遺憾」：金牌太多，入目全是旭日在競射，未免太單調了。於是想起厚實拙樸的銅牌。古銅，是搽了太陽油日光浴後胸膛和肩背曬出的顏色，叫人覺得親切。可是，一直未贏過銅牌，該怎麼辦呢？在下屆水運會故意游第三嗎？這樣做等於「打假波」——應該說「游假水」，既欠誠實，也對不起宿舍。後來靈機一觸：跟沒有金牌、只有銅牌的隊友金銅交換，以我的一面金牌換他的一面銅牌。結果雙方開心：我打破了「欠銅困局」；隊友則輕易由銅牌的第三躍升為金牌的第一。這種「互通有無」，在游泳史上也算創意別具了。

中學時期，跟皇仁隊友一出校際水運會就黯然失色。喇沙、KGV、聖喬治等第一綫泳隊，叫我們難有出頭之日。進了港大，情形馬上改觀：三年的游泳生涯中，在校內，是搶盡鏡頭；在校外，[2] 也常常獨佔鰲頭。至於港大泳隊的奪標次數，也遠勝皇仁泳隊，在大專院校中最為出色。何以有這樣的分別呢？原因很簡單：王敏超、陸經緯等頂尖泳手都沒有進港大，也沒有進香港其他大專院校。陸經緯兄弟/妹三傑，在KGV就讀；KGV和聖喬治一樣，學生畢業後如要

---

2  指學聯舉辦的全港大專泳賽。

升學，不進香港教育系統的大專院校；王敏超唸喇沙，雖屬香港教育系統，却留學海外。當年，港大如果有今日的收生制度，能讓方力申一類體育明星在聯招系統外以優秀運動員身分入學，我這個二綫人物，在港大校內、校外的泳賽中，就繼續要屈居二綫了。

當年，大專水運會由學聯主辦，參加的院校只有港大、中大、浸會、理工和羅富國、葛量洪、柏立基三所師範學院。中學校際水運會的一位優秀泳手麥年豐，由筲箕灣官立中學考進了羅富國師範學院，在大專水運會中有出色表現。不過麥年豐一人，難以支撐羅富國的大局；七所專上學校中，仍由港大稱霸。在各項接力賽中，港大泳隊有蘇、黃雙雄，勝券乃常能穩操。至於我個人，決賽時總游第四泳道，身處矛頭尖鋒。

港大泳隊在大專水運會中有超凡表現，無疑因為隊員有強大實力。不過我們還有一個條件，其他院校（包括成立醫學院前的中大）的泳隊都沒有：我們有他隊所無的隊醫。原來港大泳隊中，有多位泳手是醫科生，有的更即將畢業，是未來大國手。這幾位醫科生，都細心指點隊友如何吃喝，如何發揮體能。比如說，泳手進食，最好在出賽前一小時結束。這樣，到出賽的一刻，碳水化合物剛好全部轉化為能量而又未開始燃燒，泳手入水時會像加滿了汽油的水上法拉利，爆炸力最強，表現也最佳。這一常識，各院校的泳手大概都知道。可是，游完第一項目後半小時，第二項目如果

馬上就開始，困難就來了：賽完第一項目，泳手該再度進食呢，還是不進食？不進食，體內的能量已經被第一項賽事耗去不少，第二項賽事中體能不再處於巔峰狀態，表現會打折扣；進食，半小時內食物未完全消化，跳進水中劇烈運動，腸胃會疼痛，也不能游出水準。這一困難，港大泳手有醫科隊友指點，輕易就解決了：第一項賽事結束，一離開泳池，返回看台上泳隊的大本營，馬上大口大口的吞食葡萄糖；葡萄糖一進體內，會立即化為能量，在第二項賽事中全面燃燒。結果在補充能量這一重要過程中，港大泳隊就輕易「贏在入水前」。在運動比賽中，一切合法的致勝手段都可以利用，而且也應該利用，否則就不能把成績推到最高峰。中大醫學院成立前，港大泳隊有獨得之秘，跟其他大專院校的泳隊較量，自然如虎添翼了。

# 渡海泳

維多利亞港水質轉劣，香港的渡海泳曾停辦多年。[1] 幾年前，報章報導，維港近年水質轉佳，香港業餘游泳總會決定復辦渡海泳。代表游泳總會宣佈這一喜訊的，是該會總幹事王敏超。一見「王敏超」三字，我心中馬上說：「香港業餘游泳總會，找到了最佳龍頭。」

王敏超，是上世紀六十年代香港游泳界明星，與我同代，在校際水運會中服盡群雄，[2] 獲三屆維港渡海泳冠軍，是我在中學時期最欣賞、最佩服的香港泳手。[3]

重見王敏超之名，馬上想起個人的渡海泳經驗。在港大三年，參加了兩屆渡海泳。事隔四十多年，當時的情景仍歷歷在目。

渡海泳通常在十月某一星期天舉行。香港業餘游泳總會選星期天舉行賽事，是為了減少泳賽對維港水上交通的影響。十月，香港進入了仲秋，是王勃《滕王閣序》中「潦水盡而寒潭清」的季節，太平山煙消霧散，輪廓清晰，薑花澗

---

1　香港渡海泳於一九七九年停辦。

2　「服盡群雄」，「令群雄服氣、佩服」之意。

3　王敏超如何出色，《校際水運會》一文已有詳細描述。

薑花（ginger lily）特有的清香告訴你，香港已告別炎暑。送
爽的金風從汲水門那邊吹進浩淼的維港，[4]老鷹也離開了太
平山林中和岩上的鷹巢，飛入維港上空，去滑翔，去乘風，
去旋進浩藍，在鏡波和高樓大廈之上劃出一個接一個的壯觀
大弧。

上世紀六十年代的維港，水質極佳，否則我在西環的
鐘聲泳棚不會游出多年美好的回憶。當然，維港是大海，水
質無論多好，仍會有水母；到了十月，還會有看不見的水蝨
咬泳者的肌膚，叫他感到痛癢。不過，水母和水蝨都不會影
響渡海泳健兒的興致。

泳賽那天，一早跟港大泳隊的隊友乘天星小輪從中環
到尖沙咀，[5]然後按泳總工作人員的指示，在天星小輪碼頭
東邊的九廣鐵路尖沙咀總站鐘樓外集合，下水前聽工作人員
宣佈比賽規則。

其實，渡海泳也沒有甚麼規則：起點是九龍尖沙咀碼頭東
邊的貨運碼頭，終點是港島中環皇后碼頭，一千七百四十三
碼（相等於一千四百米）的距離是長距離。長距離泳賽像

---

4　數年前，好萊塢（香港叫「荷李活」，發音更近原文 "Hollywood"，再度
　　證明，譯起外語發音，粵語伶牙俐齒，普通話笨口拙舌）女影星莎朗‧
　　史東（Sharon Stone）夜間乘船遊維港。兩岸燈飾給她深刻的印象，叫
　　她由衷讚嘆，說這條「河」真美。透過外國人客觀的眼睛，香港人才知
　　道，多年來決策者大肆填海，維多利亞港已不像海港了。上世紀六十
　　年代，維港仍然是海港；「浩淼」一詞，仍可受之無愧。

5　上世紀六十年代，香港人只說「尖沙咀」；今日，不知何故，許多報章
　　都化簡為繁，捨「咀」取「嘴」。

馬拉松賽跑一樣，不會有人偷步；即使偷步，也佔不了多少便宜。泳賽進行時，尖沙咀到皇后碼頭的水域，每隔一段距離，就有小艇停在海上——不是看泳手的泳式是否合規格，而是負責照應，保障泳手的安全。渡海泳中，無論游甚麼泳式，也無論怎樣游，都不會犯規，完全是八仙過海，各顯神通的格局，最先在皇后碼頭登岸的就是冠軍。當然，有志奪標的泳手都游捷泳，不游背泳、蛙泳，更不游狗仔式。至於蝶泳——最壯觀的泳式，由於太耗體能，在長途泳賽中也要「養晦韜光」。

起點的碼頭像香港所有的碼頭一樣，都凌水而建，由枕木巨椿支撐，無論潮漲潮退，都高出水面三四米以上。十時正，號令槍聲一響，數百名參賽者紛紛從碼頭跳入海中。我說「紛紛」，已間接告訴讀者，渡海泳參賽者沒有在同一秒之內凌空；參賽的泳手多，碼頭的面積小，下水的時間乃有先後之分。

港大眾泳手一躍入水中，就各赴前程，不能彼此呼應。渡海泳之前，在漫長的十年中，我早已在鐘聲泳棚、深水灣、淺水灣、中灣、南灣、赤柱正灘、聖士提反灣、龜背灣、石澳、大浪灣、大浪西灣、清水灣摸熟了大海的性情。一跳進水中，自然滿懷信心，再不介意水蟄的滋擾，也不理會千多米的泳道中會不會碰到白炸——小學時期鐘聲的白炸經驗並沒有叫我患上白炸恐懼症。不過，我雖然游過香港全部可游、堪游的海灘，卻沒有游過維港。乘遊艇到清水

灣時，遊艇停泊處離沙灘有數百米；跳進海中，固然水深難測；但無論多深，都深不過世界數一數二的深水港。這一深水港，以鯉魚門、汲水門吞吐南中國海的浩瀚煙水，能讓排水量達數萬噸的航空母艦停泊進出。當年美國的航空母艦新澤西號開進維港，排水量之大，「食水」之深，叫港人嘆為觀止，叫他們鑄造了「新澤西——食水深」這一歇後語，用來形容經紀抽取佣金時抽得太多或其他類似行為，其鮮明形象要勝過意義相近的「獅子開大口」。[6]這樣的一個深水港，即使在九龍和港島的岸邊，都可以掀起巨浪。這一級數的巨浪如何起伏，如何把泳者像木塞那樣拋撞，我在西環鐘聲泳棚領略了多年。不過，維港中心是甚麼境界，我跳入水中，離開碼頭，游了幾百米才獲第一手經驗。

剛入海時，幾百人奮力爭先，前後左右都是人，是高舉的手臂，是白浪中浮沉的頭顱和身軀。游了數分鐘後，前後左右的泳者漸稀，我開始像一個水松木塞在浪谷和浪峰間不由自主。這時候，我當然用盡臂力、腿力、腰力向維港對岸奮進。不過「奮進」一詞，出自主觀願望——能把天星渡輪從尖沙咀拋到中環，能把油麻地渡輪從統一碼頭拋到佐敦，能輕易容納數萬噸航空母艦的維港，豈容重量不過

---

6　「獅子開大口」一般指叫價太高。「獅子開大口」，不過是張口叫價而已，並未吃人；相反，由叫價太高，往往叫聽者驚退，結果往往空開口；「食水深」就不同了，是英語的完成時態，用來形容既成事實。換句話說，「開大口」的「獅子」沒得吃；「食水深」的「新澤西」有得吃。

一百四十磅、高度不過五英尺八英寸的渺小凡軀「奮進」？這渺小凡軀在泳池的靜態藍水中還可以直綫衝刺，前進方向和入水深淺全在掌握中。到了維港中心，他用盡全力踢腿、撥手，力是用了，却不「去水」……一個巨浪覆來，剎那間他被深藍的雪崩埋葬……巨浪中，他懂得屏氣，沒有受嗆，從巨浪中冒出來，不覺得前進了多少。有時，他被巨浪拋向天上，再從天上急滑進深藍的水壑，發覺前面是一堵水崖上削，瞬即內凹如水穴；水穴之穹，一秒之內就會以雷霆萬鈞的力量下塌，嘩啦啦把他捲入水崖深處……

我參加渡海泳的年代，泳鏡仍未流行，泳手比賽時一般都不戴泳鏡；但在比賽中，泳手要辨別方向，不得不睜開眼睛。眼睛睜開不多久，被鹹水浸醃，就感到刺痛。既然有膽量渡海了，當然不再怕白炸、水蟲，眼睛也不怕刺痛，不怕出水時眼紅如水鬼。這些挑戰一一「應付」了，還有更大的挑戰：前進時，兩邊沒有白色或紅色浮標為我劃出泳道，怎知道哪裏是終點呢？在維多利亞泳池，參加的項目如果是五十米自由式，一射出起跳台，只管拚命向前游，換兩三口氣，就會到達終點。一百米、二百米、四百米自由式，側臉向左換氣時會看到分隔泳道的浮標，奮進方向會準確無誤——在泳池裏，才可以説「奮進」。在維港中心，我有點像所有蒼生，遭命運擺佈而不能自主。因為任浪峰、浪谷玩弄的同時，還有力量比浪峯、浪谷大無數倍的潮水從汲水門湧向鯉魚門，或從鯉魚門湧向汲水門。今日，已不記得兩次

渡海泳中，維港的潮水在西流還是東湧；只知道海水在浪起浪伏的同時，以更大的力量把我向維港兩個出口之一猛推、猛揉。這時候，咬我肌膚的水蝨已變得微不足道，甚至被摒諸感覺外。仲秋的海水有點涼意，不過大海貯存太陽能時，貯存量要勝過河水、湖水、塘水、溪澗；加以我全神貫注，在全力應付巨浪和潮水的挑戰，海水的溫度也沒有進入意識。但是，一百四十磅的凡軀，在浪中身不由己地升降、起伏，或在浪中被埋，怎樣辨別方向呢？這一難題，下水後不久就找到了答案。皇后碼頭以西，不遠處不就是大會堂主樓嗎？大會堂的方位，不是與皇后碼頭的方位差不多嗎？從尖沙咀南望，你可以看不見皇后碼頭，但絕不會看不見樓高十一層的大會堂主樓。於是，在維港被海浪拋撞、顛簸間，我的眼睛一直以一千七百四十三碼外的大會堂為焦點。跌進浪谷，前後是浪脊、浪嶺時，我的視綫會困在浪獄裏。一葉障目，不見泰山；一浪障目，不見會堂。不要緊，浪谷之後，大海一定以偉力把我擎到浪峰之上，讓我重睹目標。潮水把我向汲水門或鯉魚門浴去嗎？也不要緊，就斜斜地逆潮水方向朝大會堂用力好了。就這樣，使出了全部能量，揚臂、踢腿、側臉換氣，不知游了多少分鐘，大會堂由遠而近，離我只有幾百米之遙了。……最後，在大會堂以東，皇后碼頭出現了。於是不再以大會堂為目標，卻把視綫的焦點移向皇后碼頭。不久，碼頭可望可即。我精神一振，賈我餘勇，疾游向前……走上碼頭的梯級時，發覺早於我登岸

的，不足二十人。

　　我的名字當然不會見報；但一如參加中學校際水運會，一如參加大專院校水運會那樣，我已經知道，在維港，我的位置在哪裏。

# 最快意的行政職務

退休前擔任過一些行政職務，絕大多數都有樂有苦。有樂無苦的，只有一項：香港大學游泳會主席。其他行政職務是工作；港大游泳會主席一職是娛樂。工作，有時會叫我疲累；娛樂，則始終叫我樂此不疲。

大學二年級，港大游泳會主席任期屆滿，泳會推舉我繼任。我雖無「官癮」，却欣然接受，沒有找穎水洗耳。

在擔任游泳會主席的一年，我全情投入，做了不少事情。

首先，像歷屆主席一樣，我樂於為港大的張順、阮小二、阮小五、阮小七服務。當時的港大沒有泳池。泳隊訓練，要坐巴士到遙遠的維多利亞公園。維多利亞泳池是公眾泳池，符合當時奧林匹克泳池的標準；可惜泳客眾多，泳隊訓練時會一再跟人碰撞，有點像賽車手在彌敦道或德輔道中練習賽車。你以二十九秒游五十米的速度劏水前射間，突然砰的一聲，撞到一個橫衝的泳客，剎那間洩氣得要沉入水底。由於這緣故，我去信上環必列啫士街的青年會中學，商借該校二十五米的室內泳池。接洽成功，馬上率領港大泳隊晚上到那裏習泳。那一年，泳隊的成績大有進步。

一向是全港大專中最強的泳隊有進步，變得強上加

強，竟想起美國奧林匹克泳隊來。這一泳隊是全世界最強，泳手都有制服，是我一直嚮往的對象。於是請建築系同學為我們設計隊徽，並找體育用品公司為隊員以藍色燈芯絨裁製運動服（tracksuit），本人則親自到中環於仁行（Union House）代理Speedo泳褲、泳衣的公司為隊友定購了二十多條男裝泳褲、十多件女裝泳衣。隊徽上的白色英文字母"SC"是"Swimming Club"（「游泳會」）的縮寫，綉在藍色燈芯絨外套胸前左方，十分醒目。運動服出賽前或賽事完畢離開泳池後用來保暖。男女隊員穿在身上，都很「有型」，[1]煥發出年輕人的英氣。泳隊的泳褲和泳衣則深藍和檸檬黃相間，也很突出。跟其他大專院校泳隊的制服相比，港大泳隊的制服最出眾。在運動比賽中跟對手較高下，制服的功用不可小覷。強弱懸殊時，弱隊穿上世界級大師設計的制服，跟不穿制服的強隊較量，勝者仍會是強隊。但彼此旗鼓相當時，制服往往是決勝的重要因素。制服能增加隊員的士氣和認同感；士氣高漲，「敵愾同仇」，勝算會大大增加。三千多年前，周武王伐紂時「左仗黃鉞，右秉白旄以麾」，就是以服飾、儀仗、武器的視覺效果長自己的志氣，滅商紂的威風，在心理學上與港大泳隊穿制服一脈相通。結果，在全港大專水運會中，本來就沒有敵手的港大泳隊，一出場就氣勢如虹。

---

1　今日，香港的年輕人只說「型」，不再說「有型」。「有型」已經過時，變成「冇型」。

我為港大泳隊選Speedo泳褲、泳衣，有重要原因。
我於一九五八年返港，一九六零年奧林匹克運動會在羅馬
舉行。當時還沒有注意世界級泳隊穿哪一個牌子的泳褲。
一九六四年，奧運會在東京舉行，發覺美國和澳洲泳隊都穿
Speedo。[2] 美國和澳洲，在奧運泳賽中表現一向最傑出，完
全是「使君與操」的局面。少年人喜歡模仿偶像。當年既然
為模仿超級間諜占士邦而學習柔道和空手道，見水中偶像在
東京都穿Speedo，就不假思索，也買了一條Speedo，比賽
時穿上。穿上Speedo後，在皇仁水運會的泳速有沒有加快
呢，倒沒有注意；穿上Speedo，鬥志比不穿Speedo昂揚，
則毫無疑問。後來，我當然知道，Speedo是全世界泳賽中
的第一名牌。對泳褲如此講究的游泳會主席，自然推己及
人，把自己所知、所好向隊友介紹了。

　　身為游泳會主席，我還有另一項工作：為十月的水運
會定製獎牌、銀盃、錦旗。港大水運會的獎牌比皇仁水運
會、全港中學校際水運會、全港大專水運會的獎牌精美，而
且也大得多；鑄造獎牌所用的金屬是上乘金屬。尤其是金
牌，繫在藍、白、紅三色絲帶上，閃爍的金光分外奪目，有
其他金牌所無的氣象。其他金牌，包括全港中學校際水運
會和全港大專水運會所頒，金光暗啞，一看就知道是次等貨

---

2　幾十年來，提到這世界知名的泳褲牌子時都説英文，沒有考查過牌子的
　名字有沒有標準漢譯。那麼，就譯 "Speedo" 為「速度」吧：以「速」和
　「速度」同時譯 "Speed" 之意；以「度」譯 "do" 之音。

色。港大游泳會獎牌中的金牌，還有一個特徵：兩牌相碰的聲音特別清越動聽，入耳就叫人明白，「金聲玉振」中的「金聲」是甚麼意思。記得大學一年級第一次參加港大泳賽，贏了六面金牌；三面屬個人項目，三面屬接力項目。開心之餘，捻着藍、白、紅三色絲帶輕輕搖晃，讓兩面金牌閃着燦爛的金光在空中相碰，金籟的聲波入耳，叫我剎那間在視覺和聽覺上得到極大的享受；叫我覺得，在維多利亞泳池訓練的努力沒有白費。

港大的獎牌遠勝其他泳賽的獎牌，有兩大原因。第一，前任主席有眼光，知道哪一家體育用品公司所製的獎牌最精美。第二，港大泳會所獲的撥款充裕，能夠定製最名貴的獎牌。為港大泳會鑄造獎牌的體育用品公司叫寶豐，位於九龍彌敦道。我以泳會主席的身分到那裏定製獎牌時，有分外的喜悅，因為我知道，接近一百面的獎牌中，到了十月，會有多面落入自己手中。到彌敦道寶豐定製獎牌，是既為別人，也為自己。

上述工作，四十多年後的今天仍值得回憶。不過最值得回憶的一項，還沒有交代。

進港大時，發覺學校的設施都先進，都現代，只是少了個泳池。這樣的欠缺，對嗜水如命的人而言，是極大的欠缺。一所大學，怎能沒有泳池呢？泳池的重要性不下於課室呀！

不久，機會來了。泳會的秘書，間接認識當時的香港

首富包玉剛。[3] 於是，跟各位幹事商量後，決定請香港首富
捐款給港大建泳池。秘書身負泳會的重要使命，親自到中環
太子大廈拜訪包玉剛，說明來意……結果給泳會帶來好消
息：包玉剛原則上答應了我們的請求。至於細節，可以進一
步商討。於是，我們把喜訊向校方轉達，可惜包玉剛的慷慨
沒有成為現實。原來在我們接觸包玉剛之前，另一位善長史
丹利・史密斯（Stanley Smith），已答應捐資港大，在校內
體育中心（Sports Centre）建一個二十五米的室外泳池，而
且簽了協議。結果，包玉剛泳池沒有在港大出現。

---

3　今日的香港首富李嘉誠，上世紀六十年代仍然「或躍在淵」，未到「飛
　　龍在天」的高度。上世紀七十年代某天，正在外國的包玉剛突然中斷
　　旅程，以「第一時間」飛回香港，出價二十億元，與其他富豪、財團競
　　爭九龍倉的控股權，一下飛機就開門見山向全港宣佈，他中途飛回香
　　港，是為了保障家族利益。當時，李家澤楷和顯龍競購香港電話公司
　　的世紀大戰還未上演；包玉剛氣吞河岳的空前行動，叫香港幾百萬人屏
　　息。上世紀六十年代，二十億是個極巨大的數目；單獨一人，竟有這
　　麼「豪」的出手，香港市民還是首次見到。

# 深水灣、淺水灣、中灣、 南灣、赤柱

　　香港有世界一流的海港，也有世界一流的海灘。不止一次，我在發表過的文字中說過，吐露港比法國南部瀕臨地中海的康城和尼斯美；也毫不模稜地斷定，夏威夷的威基基比不上香港的淺水灣。

　　香港有名的海灘我都游過。要數至愛，肯定是深水灣、淺水灣、中灣、南灣、赤柱眾灘。

　　要為某一區域估地價，沒有人能像地產發展商那樣精確高明。你初到香港，不知道香港的鑽石地區在哪裏。問問地產經紀，你就會知道，香港的鑽石地區，恰恰是我的至愛海灘所在。如果你認為地產經紀欠權威，那我就告訴你，亞洲首富的超級豪宅坐落深水灣。

　　幾十年來，我出沒最頻的海灘是深水灣和淺水灣。大學階段和大學剛畢業時，中灣也常有我的足跡。所以如此，是因為中灣有港大泳屋，身為港大學生或港大校友，在中灣更衣特別方便。

　　我到這五個海灘游泳的次數，只有「多不勝數」這四字成語能貼切形容。每年，太陽從南半球北移，香港未到盛夏，我就會跟二三水友在深水灣和淺水灣出現，曬完太陽後

下水，出水後再曬太陽。我的水癮太大了，即使在大學畢業試考米爾頓專卷前夕，也帶了《米爾頓詩歌全集》(*Milton: Poetical Works*)到淺水灣，鋪開草席，搽了太陽油，一邊曬太陽，一邊溫習《失樂園》(*Paradise Lost*)。以這種方法在試前溫習米爾頓，不知道港大英文系成立以來，有沒有第二人。[1]

曬太陽是靜態活動。靜態活動中，我的身體會變成古銅色。一九九五年版《科林斯伯明翰大學語料庫英語詞典》(*Collins COBUILD English Dictionary*)中，"leisured"這一詞條下有這樣的例句："Bronzed skin became a symbol of wealth, health and beauty, a sign that the owner belonged to the leisured classes."（「曬成古銅色的皮膚，成為財富、健美的象徵，表示有這種膚色的人，屬於有閑階級。」）[2]大學時期，由於我常在夏天到深水灣、淺水灣、中灣曬太陽，曬時都先搽「確不同」(Coppertone)太陽油，結果也有「古銅色的皮膚」；可惜虛有其表，沒有財富，也不屬於有閑階級；後來還知道，太陽曬多了，會患皮膚癌。那麼，我搽太陽油，目的何在呢？首先是防止紫外綫灼傷皮膚；其次是滿足少年人的虛榮心，想像曬完太陽，會像古羅馬的大將凱

---

1　這一經驗，我的散文《〈失樂園〉裏的細沙》（現已收錄於散文集《第二頻道》）有詳細交代。

2　見John Sinclair et al., eds., *Collins COBUILD English Dictionary* (London: HarperCollins Publishers, 1995), 951.

旋，也像尊尼・威士慕拉和占士邦在銀幕上出現。當時，我絕無「扮嘢」意圖，要別人以為我是香港的富二代。

曬太陽屬靜態；不過到了香港南區的海灘，活動主要屬動態。游泳之外，我參加過香港拯溺總會主辦的公開拯溺賽，在深水灣出發，以淺水灣為終點。比賽時，以兩人為一組，輪流扮演遇溺者和拯溺者。「拯溺者」游蛙式；「遇溺者」在前面仰臥水上，兩腿張開，虛夾着「拯溺者」的兩脇，雙手扶着他的雙肩，讓他「救回」淺水灣去。參賽者都考過拯溺課程的試，有香港拯溺總會所發的及格證書；在深水灣下水，彼此「互救」到淺水灣自然不會有困難；不過幾百個二人組要爭先到達終點，卻是另一回事。我和隊友，泳賽中都有好成績；但是強中還有強中手，到淺水灣上岸時，已經有許多二人組先我們到達，結果我們的名字都沒有見報。

拯溺賽中從深水灣游向淺水灣，途中有工作人員在小艇上照應，十分安全。正因為「十分安全」，有跳河經驗的人反而覺得太平淡。結果到了港島南區，會找尋各種刺激。

刺激之一，是從淺水灣游往南灣。熟悉南區地理的讀者都知道，淺水灣到南灣的距離並不近，途中要經過中灣，繞過瀨岸的亂石、岩礁，否則割傷了身體任何部分，危險就大了。我有橫渡維港的能力，淺水灣到南灣的距離自然難不倒我，唯一害怕的是鯊魚。過去幾十年，傳媒曾不止一次報導，南區的水域有鯊魚出現。從淺水灣游往南灣的海程中，我和幾個港大泳友都特別警惕，絕不讓身體任何部分擦傷、

割傷。鯊魚的嗅覺敏銳得驚人，一百萬份海水中只要有一份鮮血，一尾殺人機器就會水雷般直射而來。有誰在鯊魚出沒的海域擦傷了身體，只要流一點點的血，而又不能夠及時上水，這個人就完蛋了。我們離開淺水灣後，會儘量遠離海岸，不讓埋伏在水中的礁石暗算。

避開了礁石，卻面臨另一危險：這時，我們已遠離淺水灣浮台，游出了圍繞海灘、保障泳客安全的浮標警戒綫，進入公開水域。熟悉港島南區海灘的讀者又知道，每年到了夏季，深水灣、淺水灣、中灣、南灣的海域是滑水樂園。你在沙灘上躺着曬太陽，或者在浮台上歇腳，常會看見多艘快艇在淩水飛射，後面是一個滑水健兒踩着如刀的滑水板以同樣的高速剖浪前進，時而側左，時而傾右，時而飛躍入空中再像游隼飛降到海面隨快艇在遠方消失⋯⋯。不過各海灘都有浮標警戒綫保護泳客，快艇和滑水板不會衝進警戒綫內。進入公開水域，情形就不同了：在大海浮游，渺小的軀體和前進時手腳拍踢出的浪花，快艇上的駕駛員不容易看見。滑水者滑浪淩波，沉醉於刺激的運動，更難以分心，不會想到公開水域中有幾個人要尋死。此外，公開水域浪闊水深，正是鯊魚游弋的理想場所。

波多黎各海灘，位於大西洋最深處，深度達二萬八千英尺。那裏即使無風，巨浪也遠遠高於香港石澳海灘在十號風球下掀起的滔天浪弟、浪妹。巨浪之外，還有巨大的暗流向大西洋深處日夜狂扯。波多黎各旅遊局為了保障遊客

的安全,在沙灘上豎起警告,先説明海中(其實不是「海」,而是「洋」,是大西洋)有暗流,然後加一句駭人的免責聲明(disclaimer):"Swim at your own risk"(「泳者遇險,責任自負」)。[3] 現在回顧幾十年前的魯莽,要建議香港康文署沿港島南區所有泳灘的警戒綫,豎起同樣駭人的警告,讓此後像我們那樣有自殺衝動的年輕人知所警惕。

我們到了南灣,就會在沙灘曬太陽;曬夠了太陽,再在海裏暢泳;然後游回淺水灣。一往一返,距離是否相等於維港渡海泳一來一回呢,迄今還沒有考究。

在深水灣、淺水灣、中灣、南灣游泳,看見滑水健兒在空天闊海中切浪飛射,我這個喜新鮮、愛刺激的人自然十分嚮往。稍一打聽,知道深水灣有滑水課程,每次按時間付費。於是跟宿舍中同樣喜歡刺激的泳友,在一個秋天的下午到深水灣學習滑水。我們各租一艘快艇,艇上有一位駕駛員兼教練。教練面授機宜,我凝神傾聽。然後左右足各踩一塊尖削堅硬、長約一米的滑水板,緊握繫在快艇後的長繩,全神貫注⋯⋯快艇的馬達嘭嘭一響,三四十米長的繩子瞬即從水中彈出水面,緊繃如緊硬的矛柄,電光石火間把我向前方猛扯,力量之大,以前從未經歷過。在我這端的繩子,本來有手柄讓我緊握,但前扯的力量太大,我不以為意,手

---

3　我在波多黎各海灘的游泳經驗,《在二萬八千呎之上戲浪》一文(現已收入散文集《第二頻道》)有詳細交代。見本書附錄。

柄握不牢，猛然從手中飛脫；繩子一鬆弛，馬上沉入了海中；人也失去了重心，剎那間身體前撲，啪噠一聲跌了個餓狗搶水。我知道，繩子前扯的力量大得出奇，是因為雙臂要同時應付整個人的重量和海水對滑水板的阻力。這一動作，比健身室裏以雙手緊握單槓，把身體凌空吊起還耗力，毫無心理準備間繩子和手柄自然從十指和掌中飛脫了。教練經驗豐富，剛啟動馬達，發覺繩子沒有後扯的張力，自然知道發生了甚麼，馬上把快艇煞停，回頭教我該注意些甚麼；待我雙腳踩好了滑水板，雙手握緊了長繩末端的手柄，再虎虎開動馬達⋯⋯啪噠一聲，我再次跌入了水中，雙手仍緊握着手柄，可惜雙腳未能平衡身體，兩塊本該掠水而去的滑水板「各奔前程」，剩下我在後面表演水上一字馬。[4]

如此一試再試，課程結束時無疑有進步，但仍未能像心目中的健兒那樣滑水。學習滑水，也像小時候學鷹爪和太極那樣，剛起步就放棄了，也沒有資格說「半途而廢」。

二三十年後，仍經常在港島南區的海灘出現。不過出現時，不再以拯溺者的身分參加拯溺比賽，不再從淺水灣游往南灣再從南灣游回來，也不再踩着兩塊滑水板，緊握着長繩末端的手柄，聽教練在機動快艇上回過頭來教我如何滑水。二三十年後，一直到現在，在秋天的周末或假期，只要風日晴美而又有空，就會帶一本書到淺水灣或赤柱海灘，坐

---

4　「一字馬」，粵語，普通話叫「劈叉」。

在瀕海的石橙，或在沙灘旁的小築，坐在高高的椅子上，浪聲中一邊看書，一邊品嚐可樂，看風帆如百合片片貼着藍水夢幻般飄飛，更看老鷹從林中，從海岬怡然躍出，旋着大弧緩緩上升，一隻，兩隻……十多二十隻升入了高空，像黑褐的星子相聚，分散，再悠悠牽着幾千尺之下的山岡和大海向同一焦點來趨，在天地間讓一個個無聲的大弧彼此旋繞着緩緩縮小再柔柔擴大，比公孫大娘弟子的劍器舞要妙曼，要壯觀。偶一分神，還會看見一個最熟悉的年輕人，從淺水灣游向南灣……或在滑水板上拉繩不牢，啪噠跌入海中……

# 我的房子值一億

　　受惠於大學教育資助委員會的德政，[1] 上世紀九十年代，和香港其他大學的教員一樣，有機會選購房子，選購後由大學為我分期付款。

　　選購房子的工作，由彩華全權處理；我只有一個要求：選哪一座屋苑都無所謂，只要有一個四季可游的泳池就行了。

　　彩華把我的條件向經紀轉述，最後找到了一個屋苑，符合我提出的條件：夏天有室外泳池，冬天有室內恒溫泳池；一年四季，都能滿足我樂水的嗜好。

　　地產行業，甚至一般市民都知道，選購房子，關鍵只有一個字："location, location, location"（「第一是地點，第二是地點，第三，也是地點」，直譯是「地點，地點，地點」），意思是「地點至上」。地點，的確至高無上。你在港島南區或山頂有一層樓，面積不管是五百平方英尺還是六百平方英尺（港島南區和山頂當然沒有這麼小的單位），你就是香港幾百萬尋常市民艷羨的對象。

---

1　簡稱「教資會」，英文名稱 "University Grants Committee"，簡稱 "UGC"。香港多所大學都由教資會資助。

與港島南區或山頂相對的區域是天水圍。上世紀九十年代，我和彩華選購的單位，就在天水圍的一個屋苑。香港市民，當然知道天水圍是甚麼區域。對香港不熟悉的讀者，只要聽聽天水圍的綽號，就知道其地位有多高——或多低——了：「悲情城市」。天水圍為甚麼叫「悲情城市」呢？因為這一區的居民大都是新移民，收入較低；由於未能適應新環境，家庭中常有糾紛，釀成倫常悲劇。在今日的香港，你說家在土瓜灣、大角咀、長沙灣、牛頭角、石硤尾都沒問題；你說家在天水圍，聽者心中的反應，一定跟他們聽到「土瓜灣」、「大角咀」、「長沙灣」、「牛頭角」、「石硤尾」時有別，更大大有別於聽到「山頂」或「港島南區」。

對香港不熟悉的讀者，知道天水圍的綽號後，如果仍不能替天水圍定位，就聽聽下面的一段對話吧。

退休前，在學校的一次宴會中跟社會學系的一位同事同桌，問起彼此的居址。

「沙田 XX 園，」同事說。

「是樓王啊！」我說。

「你呢？」

「天水圍 XXXX。」

話聲剛落，同事已不假思索地說：「到那裏研究社會問題嗎？」

同事發問時，態度認真，絕無開玩笑的意味。從一位社會學教授的話裏，不認識香港的讀者，應該知道天水圍是

「何方神聖」了吧？

另一位大學同事，家在港島山頂。我搬進天水圍的屋苑後不久跟他聊天。

「新居怎麼樣？住得開心嗎？」一向喜歡開玩笑的同事問。

「還可以。」

的確「還可以」，因為我住的屋苑能讓我四季樂水。一隻猴子，只要有樹可攀，有果可摘，就有了整個世界；一尾泥鰍，有了一潭泥濘，就不會做夢，癡想六星級酒店的總統套房。這一道理，莊子説得比我好。

我回答家在港島山頂的同事時，在「還可以」之後笑着說：「當然，能夠住山頂，我會更開心。」現在回顧，當時漏了加按語：「不過，有誰慷慨送一幢山頂豪宅給我，最好『送佛送到西』，加送一個恒溫泳池。」

搬進天水圍，迄今已有十六年。十六年來，我樂水之樂，在過去發表的散文中也有談過，現在稍加補充，並且打打岔。

香港政府的衛生署關心市民健康，常在電台廣告中贈以十二字真言：「時時開心，日日運動，餐餐均衡。」

就我聽過、讀過的健康箴言中，無論是中文或外文，一時想不到哪一則能勝過上述十二字。一九九七前，常常聽人説：香港十七萬公務員，是全世界最卓越的公務員隊伍之一。聽了上述真言，我無須找別的證明了。我可以肯定，

真言的撰稿者是一等高人。

先說內容。寥寥十二字，就把保健、養生的大道理化繁為簡，一網打盡，冶心理學、生理學、營養學於一爐，彷彿是醫生、心理學家、體育學家、營養學家的集體傑作；無論教育程度有多大差別，也無論你是老年人、中年人還是年輕的小伙子，只要按真言起居飲食，就會大大獲益。素食館的牆上，也常常有保健、養生箴言，叫人不要貪啦，不要嗔啦，知道自己是人，沒有輪回到畜生道、餓鬼道、地獄道就要謝天謝地啦⋯⋯句句都是金石良言，付諸行動也會獲益，可惜動輒數百字，記得一、二、三項，又忘了五、六、七項，努力把五、六、七項記進腦中，又忘了十八、十九、二十項，結果水過鴨背，看了等於不看。

次說形式。十二字真言，用詞精確，平仄的安排妥帖而自然，信息本身是醍醐灌頂，指符也一聽難忘。第一句是平平平平，第二句是仄仄仄仄，第三句再以平平平平與第二句的仄仄仄仄呼應，產生悅耳的張力。在諧協動聽的平仄變換和起伏中，內容和形式合作無間，文字的功能和魅力都發揮到極致。這樣的創作，稿費一字可值千金；十二個字，至少值港幣一萬二千大元。公務員事務局的主管，應該立即讓這位才華橫溢的公僕連升數級。

聽了十二字真言，我一直奉為圭臬，並以之鼓勵家人、親戚、同事、朋友、學生。

真言之中，在今日的兩岸三地，第三句最易貫徹。今

日，一般人的三餐都沒有問題。如果你餐餐吃扣肉，不吃蔬菜、水果，患上高血壓、糖尿病、冠心病，是你自己飲食欠規律，不是因為你沒有條件去「餐餐均衡」。無論在香港或香港以外，第一句最難「落實」。除了佛祖一類聖者，誰能「時時開心」呢？處於最難和最易之間，是「日日運動」。然而，這一句也是成仙與否的關鍵。要貫徹「日日運動」這四字真言，要有三個條件。第一，時間；第二，場所；第三，恒心。很多人具備第一、第二個條件，就是缺乏恒心。就運動而言，我自小就有恒心，因為我以游泳為樂，五行「欠水」的時間超過三天，就不快樂。第二個條件，自從我搬進天水圍的屋苑，就完全不成問題：出了家門，乘升降機到樓下，步行約五分鐘，就到達會所的泳池了。

「十六年來，你一直賦閒在家，有用不完的時間嗎？」讀者也許會問。

「不，退休前的二十多年，是我一輩子最忙的二十多年。」

「那你怎能『日日運動』呢？」

未能「日日」，只能保持一星期三日左右到會所的泳池游他一千米。能「日日」運動當然最好；不能「日日」，一星期三日就能夠為你減壓，降低你體內的壞膽固醇，保持你的食欲和血壓正常了——當然還能夠助你逃過「五十肩」、「六十肩」的煩惱。其實，游泳給你的好處是全面的；游完一千米，你全身所有部位、所有器官以至所有細胞都會受

惠。唸中學時，每次在維多利亞公園泳池游完三千米至五千米上水，淋浴後，心情都遠比入水前舒暢。後來開始工作，壓力最大時游完一千米，不但不再受壓力逼迫，反而能從容把壓力化解。起先，不知道何以有這樣的「良好感覺」。後來看了一篇醫學文章，才恍然大悟。

原來人的腦部有一種叫「血清素」（serotonin）的激素（hormone），是極為重要的神經傳遞素（neurotransmitter），負責調節人的情緒和心理狀態；血清素的分泌越充沛、越旺盛，情緒越愉快，心理越平衡。血清素的分泌量因人而易。古今中外政治史、軍事史上的大勇，探險史上的英雄或新聞報導中出色的特技表演員，腦中血清素的分泌量特別充沛，也特別穩定。這些人有泰山崩於前而色不變的冷靜、鎮定，並且不靠藥物，不必受意識形態洗腦就能夠視死如歸，全因為天生異稟，腦中的血清素異常旺盛。《史記》中的張良、荊軻、聶政、豫讓和《舊唐書》、《新唐書》中的太宗文皇帝李世民，都是這一層次的人物。[2] 也因為如此，大智、大仁在某一程度上可以培養，可以外鑠，唯有大勇是絕對天生。中文成語説「膽大包天」，説「膽小如鼠」，其實欠科學根據。「膽大包天」的人，不是因為膽囊大，而是因為腦中分泌的血清素澎湃滔天；「膽小如鼠」的人，不是因為膽囊小，而是因為腦中分泌的血清素少如涓滴。一個人易躁、

---

2　大賊張子強，血清素的流量大概也十分旺盛；可惜因貪欲而誤入歧途，浪費了上帝的厚賜。

易怒、易憂、易愁或喜怒無常，是因為腦中血清素的分泌失衡；失衡嚴重的會患上抑鬱，思想負面，甚至會自殺。血清素分泌充沛而穩定的人，性情平和而樂觀，也不會輕易動怒。因此，心理醫生治療抑鬱症的最重要步驟，是設法調節病人腦中血清素的流量。就一般人而言，經常運動是增加血清素、調節血清素流量的最佳方法。不幸患上抑鬱症的人，則要靠醫生輔導和藥物幫助，血清素的流量才有希望恢復正常。

「啊，原來是血清素『作怪』！」看完這篇醫學文章，我恍然大悟，明白為甚麼每次從泳池出來，不但食欲增加，心情也特別愉快；明白為甚麼下水前即使因工作壓力而煩躁，游完一千米後，煩躁就會「一丕化三清」。

有了醫學上的新認知，我的恒心更進一步；並且提醒自己：游泳，是為了工作得更好。於是，奉行衛生署真言中的第二句時，就更加虔誠。因為我知道，游完一千米，腦中的血清素會增加。

那麼，要上課、開會、應酬，回到天水圍，泳池尚有半小時就關閉又怎麼辦？以前，我大概會少游一天，因為趕到泳池，更衣下水後只剩十五分鐘。十五分鐘？不游也罷。自從獲衛生署真言和上述醫學文章的提點，十五分鐘我也會把握；"Half a loaf is better than no bread"（「半個菠蘿包，好

---

3　這句英諺的意思是：「有勝於無」或「聊勝於無」。

過有麵包」）。[3] 牢記了簡單的算術，貫徹衞生署十二字真言的第二句時，效率就大大提高。

時光荏苒。搬進天水圍多年後，某一秋天的一個星期日，又到赤柱海邊看書，看風帆，看老鷹在藍穹舞起壯觀的劍器。看書倦了，起來散散步，在赤柱正灘瀕海的一個路口看到一個廣告牌，說附近有洋房出售，歡迎參觀。

赤柱瀕海的洋房，中學時期到正灘游泳時已經熟悉。每次乘第六路巴士經過，都羨慕一幢幢洋房的主人。這些洋房，一般都不太高，只有三層。在寸土尺鑽的港島南區而不向高空討面積，在幾千平方英尺的土地上只建三層，每層的價錢有多高，就不問可知了。這些洋房，似乎要向我揶揄：外牆通常是明淨、光潔的白色，在綠蒲葵的掩映下分外奪目。有時，百葉簾後會傳來鋼琴悅耳的聲音，彷彿與馬尾松中囀鳴的畫眉合謀，要在我心裏羨慕之湖彈起一圈半圈的妒漪。——妒漪倒沒有；不過在鋼琴聲和畫眉的囀鳴中，羨慕之湖的波光泛得更瀲灩。這時，我會想像自己住在這樣的一幢洋房，夏日在鳥聲和涼風中看書、聽音樂、午睡，到了黃昏就穿上泳褲，投入大海的藍濤。——天堂的生活，大概也不過如此。

我按廣告牌的指示來到出售的洋房。仰首一看，也是三層，白色的粉牆明淨、光潔——明淨、光潔如中學時期的少年夢。我拾級沿樓梯走上二樓，經紀微笑着迎上來，並自我介紹，然後帶我參觀洋房各層。

　　洋房分三層，每層面積有一千五六百平方英尺。整幢
洋房，售價八千餘萬。洋房的地板、睡房、客廳、飯廳、燈
飾、洗手間、浴室以至浴缸和洗手盆的龍頭，不用多說，自
然都是南區豪宅的氣派了。

　　然後，經紀把我帶到天台。

　　到了天台，只見視域中都是亞熱帶的常綠樹，赤柱正
灘的藍浪，也在腳下不遠處柔柔摺叠，觸到沙灘時捲起一疋
疋雪白的綢緞。向前方舉目，發覺數十米外有一個泳池，長
約十五米，寬約十米，池畔有多張長椅供人休憩仰躺，只是
沒有泳客。秋風中，泳池的漣漪和縠紋蕩漾，水裏有不少褐
黃的落葉，有的沉到了池底，有的在水面漂浮。這樣的一個
小型泳池，搬到天水圍屋苑的會所，會顯得小家子氣；跳了
進去，手臂只需撥動五六下就要轉身。這樣的泳池只適宜小
孩戲水，大人浸水，不能讓我在裏面暢所欲游，也不能增加
我腦中血清素的流量。泳池既在戶外，自然不是恒溫。當
時不過是秋涼，已沒有泳客踪影；到了冬天，更不用說了。

　　「這泳池是誰的？」我問。

　　「是這一帶住戶共用的。」經紀答。

　　「那麼，冬天呢？冬天有室內暖水泳池嗎？」

　　「沒有。」

　　「港島南區的豪宅都沒有嗎？」

　　「有。要有共用的暖水泳池，你要買一億元的房子。」

＊　二零一六年九月三十日，發表於電子報刊《灼見名家》文化版。

# 我的主修科

履歷中「大學主修科」一欄，幾十年來都填「英文」和「翻譯」。現在回顧，發覺有誤導僱主之嫌：大學三年，英文和翻譯只是我的副修；我的主修是游泳。

這一主修科，小學和中學時期早已選定，到大學才真正修讀。

修讀時間：大學第一年開始，直到大學畢業。

我的課本有二：澳洲教練多恩‧托爾伯特（Don Talbot）的《游泳必勝技》（*Swimming to Win*）和美國游泳教練詹姆斯‧E‧康斯爾門（James E. Counsilman）的《游泳科學》（*The Science of Swimming*）。[1] 二書是當時全世界最先進的游泳課本，也是我的《聖經》。

托爾伯特是加拿大、澳洲、美國國家泳隊的教練，一九六四至一九七二年負責訓練澳洲奧林匹克泳隊，一九八零年負責訓練美國奧林匹克泳隊；由他訓練的泳隊，在一九七二年慕尼黑奧運和二零零零年悉尼奧運中都有輝煌成績。

---

1　二書的出版資料如下：Don Talbot, *Swimming to Win* (New York: Hawthorn Books, 1969); James E. Counsilman, *The Science of Swimming* (New Jersey: Prentice Hall, 1968).

康斯爾門，一九五七至一九九零年是美國印第安納大學的游泳總教練；一九六四至一九七六年負責訓練美國奧運泳隊，受他訓練過的奧運泳手達六十，包括馬克‧史畢茲（Mark Spitz）。馬克‧史畢茲在一九七二年的慕尼黑奧運泳賽中前無古人，勇奪七面金牌，獲選為該屆奧運的最傑出運動員，其驕人紀錄到二零一二年倫敦奧運中才被邁克爾‧菲爾普斯（Michael Phelps）打破。一九七六年，康斯爾門獲選為榮譽教練，名字列入國際游泳榮譽殿堂（International Swimming Hall of Fame）光榮榜。能教出世界第一高徒的教練，本身也是水中英傑。一九七九年，也就是史畢茲震驚奧運會後七年，已到五十八歲高齡的康斯爾門橫渡英倫海峽，成為橫渡該海峽的最年長泳手；叫全世界知道，史畢茲能震驚奧運，既有賴本身超凡的稟賦，也得力於世界級頂尖教練的培育。泳手不像跑手和球員，二十歲上下在水中的表現最出色；過了黃金時期，尤其過了三十，高峰狀態就一去不返。史畢茲的巔峰，泳界都認為在一九六八的奧運年。那年，他參加在墨西哥城舉行的奧運，出賽前氣勢如虹；按照他當時的成績，世界游泳界一致認為，他是六八年奧運之星；出賽結果却大負眾望。當時，泳界都覺得，史畢茲的游泳生涯已結束；因為四年後，他的巔峰已過，即使在奧運出賽，也難有作為。誰會想到，四年後，他在慕尼黑奧運變不可能為可能，一洗一九六八年的晦氣？康斯爾門五十八歲那年橫渡英倫海峽，證明他本人和高徒史畢茲一樣，有創造奇

迹的本領。

在游泳世界，我的地位之於奧運選手，大約等於香港修頓球場踢丙組足球的青年之於世界盃冠軍隊的球員。不過我挑選主修科課本時，仍取法乎上上，取法乎泳術的至高境界，就像武俠小說中的小子，學藝前走遍天下，找武林至尊拜師。[2]

兩本游泳秘笈，給我傳授的技法數不勝數。下面所舉，不過是犖犖大者。

首先，兩本秘笈都以文字和圖片詳細教我捷、背、蛙、蝶四種泳式，為我分析人體和水的互動關係。告訴我，捷泳時兩手在哪一位置、以哪一角度入水才不阻水，入水後甚麼時候撥水最省力，最能利用身體前進的動量；肩膀和手臂以哪一角度撥水，前進的速度最快；踢腳時以多少度角開合，踢起的水花該有多高、多密；吸入一口氣後該如何俯首水中，不再換氣而繼續前衝，以避免因身體擺動而減低速度；呼吸時該如何側臉，如何張口；在水中呼氣時口腔如何噴氣，以保持呼吸節奏的暢順連貫。游背泳時，身體在水面

---

2 上世紀六十年代初，澳洲女泳手朵恩・弗雷瑟（Dawn Fraser）以親善大使身分訪港，向各中學泳隊示範。輪到皇仁時，學校派我和校隊的其餘泳手到維多利亞泳池跟弗雷瑟學藝。弗雷瑟是三屆奧運女子一百米自由式冠軍，多年來也是該項目世界紀錄的保持者。在泳池中，她向我們示範各種泳式，並糾正我們的各種錯誤。她的泳式和速度叫我知道，游泳項目中的世界紀錄，跟我的所謂「紀錄」，有多大的分別。我跟這位奧運高手習泳的時間雖短，但獲益良多。因此可以說，早在少年時期，我已經登高望遠，向世界級游泳教練拜過師。進了大學，則成為托爾伯特和康斯爾門的私淑弟子。那麼，無論是直接或間接，我的泳技都有世界級高人指點。

和水中如何保持正確的直綫，下頷與脖子保持怎樣的距離，左右兩手在後面哪一時針方位入水，入水後手臂如何向後方推撥，兩腿踢水時與捷泳有甚麼差異。游蛙泳時，如何保持兩手、兩脚的均衡，仰首換氣時仰甚麼角度，到了泳池另一邊，如何以雙手齊拍池壁以避免犯規。游蝶泳時，兩臂向左右甩出時離水面該有多高，頭部如何在雙臂入水前迅速俯入水中，避免身體波浪般起伏前進間節奏受到干擾，腰部又如何像海豚的身軀上下鞭動，使波浪式前進連綿不絕。

托爾伯特的書中有多幅圖解，教泳手下水前做三套熱身體操，三天輪流循環，每天做一套，讓脖子、雙肩、雙臂、雙腿以至腰背的肌肉、筋腱恒保最佳狀態。我看了覺得有用，於是影印保存，每次下水前按圖熱身。到了後來，三套體操已全部熟習，不必看圖也能夠牢記。

兩本游泳秘笈，都有泳池中每天的練習細節。奧運選手，每天一般訓練兩次，每星期有一天半天，運動量會稍減，讓泳手的身體機能休息修復。不過一般説來，每名泳手每天至少游一萬米，相等於二百個五十米泳池的距離。我不是專業泳手，體能和供我練習的時間都難以達奧運水平，因此把每次的泳程調整，由一萬米減至三千到五千米之間。不過一下水，仍大致按兩位超級教練的指示，首先在泳池中來回熱身，來回一兩次之後進入正常的訓練速度，以自由式游最長的距離，然後游蛙式、蝶式、背泳，再高速衝刺一百米，最後一百米用來鬆弛，鬆弛後上水更衣。

為了配合水中訓練，我還按照兩本秘笈的指示飲食、作息。我生來沒有煙槍和酒徒傾向，要按超級教練的指示去煙、去酒完全沒有困難。

忌酒、忌煙，是消極要求。積極要求，當然是勤練。勤練之外，托爾伯特還在鬥志方面教我秘訣：出賽時，把比賽當作你死我活的鬥爭，把對手當作仇敵，下水前就誓要「殺死他！」看到這裏，讀者可能認為，我的話前後矛盾：「你不是說：泳賽中輸了，『沒有半點妒忌之心』嗎？『不但沒有妒忌之心，反而對勝利者充滿欣賞、羨慕之情。……泳賽中，勝者勝得磊落光明；敗者敗得口服心服。』現在怎麼又說要『殺死』對方呢？」我沒有前後矛盾。比賽中，所有泳手都以最公平的方式較高下；比賽結束，勝者、敗者的風度不遜於中國古代「揖讓而升，下而飲」的君子；但是，賽前一刻，所有泳手都要提高士氣，而提高士氣的最佳方法，是把對手視為「必殺」的「敵人」。泳手有這樣的比賽態度，證明在全力以赴，絕無「打假波」——該說「游假水」——作弊，最富奧林匹克的體育精神。也因為如此，奧林匹克泳手在起跳台前，個個都「氣焰十足，不可一世」，半點「謙遜」也沒有。這一戰略，與空手道相近：空手道迅猛出拳踢腳時要佐以嚇人的「怒」喝，目的是先聲奪人，挫對手銳氣。這樣看來，要在泳賽中勝出，首先要懂得「拋浪頭」。

二零零六年，離開嶺南大學翻譯系，到香港中文大學翻譯系任教。開學後不久，系內學生會的兩位幹事，代表學

生報訪問我,問我除了翻譯,還喜歡教甚麼課程。我不假思索地說:「游泳。」

　　當時忘了告訴她們,翻譯不過是我的大學副修。

(《我的〈水經注〉》全書,於二零一五年十一月十二日在多倫多完成初稿,於二零一八年五月二十七日在多倫多修改完畢。)

# 附錄

作者《水經》選錄（三篇）

# 附錄説明

　　作者沒有出版過單行本《水經》。在此只戲擬桑欽（一
説郭璞）的同名著作。所謂「《水經》」，指描敍太平洋、大
西洋經驗的散文多篇（收錄於《逃逸速度》（台北：九歌出版
社，二零零五年十二月）的《浪鬣的聲音》、《訪海神》、《愛
琴海的補償》、《再訪海神》和收錄於《第二頻道》（香港：當
代文藝出版社，二零一一年十二月）的《三游大西洋》、《在
二萬八千呎之上戲浪》）。這些散文，結集前曾在香港、台
灣等地的報章、雜誌發表，風格與《我的〈水經注〉》十六
篇迥異。二十多篇散文，大致囊括了作者數十年的水邊/水
上/水中經驗，也構成半部《山海經》（或者應該説「《山水
經》」，因為水缸、魚塘、山塘、水庫、溪澗、河流、泳池
並不是海——嚴格説來，太平洋、大西洋也不是海，而是
洋）。所謂「山」，指作者數十年所觀、所賞、所登、所遊之
山，包括香港、神州大地以至神州以外的高山、絕巘、奇
嶺、秀峰，如太平山、八仙嶺、大帽山、鳳凰山、飛鵝山、
馬鞍山、獅子山、泰山、燕山、軍都山、八達嶺、長白山、
桂林陽朔諸峰、巫山、白鹽、赤岬、劍閣、青城山、峨眉
山、黃山、華山、雷尼爾山（Mount Rainier）、富士山、阿
爾卑斯山、落磯山。有關的散文和詩篇，見於作者的散文

集、詩集和尚未結集的文字，其中以散文集《華山夏水》、《三峽‧蜀道‧峨眉》、《第二頻道》所收的「山經」文字最多。

# 浪鬢的聲音

　　夏威夷檀香山的威基基（Waikiki）海灘，雖然寬闊綿長，馳名世界，但水底有石頭，有絆腳的海藻和下陷的珊瑚礁，不像香港的石澳和大浪灣那樣，可以讓人安心游泳。

　　不過威基基有一大特色，在香港所有的海灘都找不到：理想的滑浪洪濤。大浪灣也有洪濤；在氣壓驟降、颱風將臨的前夕，大浪灣的洪濤往往高達丈餘，聲威十足。可惜這些洪濤湧起不久就會崩塌潰散，不能供滑浪者騎乘。威基基就不同了：從沙灘下水，往外游上好幾百公尺，伸腳還可以觸到海底。由於地形特殊，威基基的浪頭不起則已，一起就排山而來，向前方湧動好幾十公尺——甚至百多公尺，浪勢仍不會衰竭。騎在巨浪之上，滑浪者可以過好長時間的癮。在香港，沒有人能夠滑浪，大概因為香港的海灘只能「拋浪頭」，起勢雖然洶湧，却往往後繼無力，不能供滑浪者騎乘。

　　十二月二十四日到達檀香山，在美麗華酒店安頓下來後，我這個嗜水如命的沙灘癡、大海狂就迫不及待，和彩華一起去拜訪威基基。

二

　　美國夏威夷一州，共有大小島嶼八個，由億萬年前從海底噴出的熔岩構成。最大的夏威夷島在東南。從夏威夷島向西北，較大的幾個島嶼依次是毛伊（Maui）、拉拿伊（Lanai）、莫洛卡伊（Molokai）、歐阿胡（Oahu）、考阿伊（Kauai）。威基基是檀香山的一個海灘，位於歐阿胡島東南，由東至西長二‧五哩，東北面背山，西南方朝海，東邊是著名的懸崖鑽石岬（Diamond Head）。鑽石岬以東，是毛納魯阿灣（Maunalua Bay）。威基基的西邊，則有通靈島（Magic Island）。再去，是阿拉‧牟阿納海灘（Ala Moana Beach）。阿拉‧牟阿納海灘以西，是響徹近代史穹廬的珍珠港。

　　威基基著名的酒店，全部沿沙灘而建。從沙灘北行，依次是卡拉考瓦（Kalakaua）和庫希奧（Kuhio）大街。眾多的酒店中，以位於卡拉考瓦大街的喜來登‧牟阿納滑浪兒（Sheraton Moana Surfrider）酒店和皇家夏威夷（Royal Hawaiian）酒店最有名。這兩家酒店緊靠沙灘，佔了威基基最美麗的地段，非其他酒店可比。我和彩華住的美麗華酒店，位於庫希奧大街，雖然比不上喜來登‧莫阿納滑浪兒和皇家夏威夷，却也享有四星級地位；要滿足我的住宿要求，已經綽綽有餘。

　　從美麗華酒店出來，南行百多公尺，到了卡拉考瓦大

街。越過大街,前行數十步,就踩到了威基基棕黃的細沙,看見太平洋在視域內展開,浩瀚得叫我屏息。

三

香港面臨南中國海。因此大浪灣一類著名的海灘,也有浩瀚的水天。不過南中國海畢竟只是海,策風驅雨和掠奪空間的氣魄遠遠比不上太平洋。地中海北岸的一些海灘,從法國東南綿延到意大利西北,面對的也是茫茫大海。不過地中海位於「地中」,除了直布羅陀海峽和蘇彝士運河兩個小小的出口外,就全叫歐洲、非洲、亞洲封鎖;置身康城或尼斯,你隱約會覺得,眼前的湛藍雖然一望無際,却顯然不是百分之百的活水;海風吹浪,也不見得太壯觀。

威基基就完全不同了,因為它位於太平洋中央。

太平洋,從極北的白令海峽南伸九千三百哩直達極南的南極;從馬來西亞呼嘯東去,直達一萬二千五百哩外的巴拿馬西岸。太平洋的面積,是地球總面積的百分之三十五,其水量是世界總水量的百分之五十三。海平面以上所有陸地的總體積,不到太平洋體積的二十分之一。地球的第二大洋大西洋,面積是四千一百萬平方哩;太平洋的面積是六千四百萬平方哩,加上鄰近的海域,更廣達六千九百萬平方哩。大西洋的平均深度是一萬零九百三十呎,最深的水域深達三萬零一百八十五呎;太平洋的平均深度是一萬四千零

五十呎；最深的馬里亞納海溝，深達三萬五千八百一十呎。有哪一個巨靈贔屭，把陸地上最高的珠穆朗瑪峰擲入馬里亞納海溝，再把三個太平山堆在上面，位於最上方的山峰，與海平面還會相隔二百三十六呎。這樣顯赫的一張履歷，足以震懾地球上所有的眾生。的確，在地球上所有的山族、海族、地族之中，有哪一個成員敢覬覦太平洋的至尊地位呢？假如地球的山族、海族、地族是奧林坡斯的神祇，太平洋就是宙斯，無可爭議地凌駕於眾神之上，其中包括萬目仰望的智慧女神雅典娜和太陽神阿波羅。

## 四

我抵達威基基之前，早已讀過太平洋的履歷。現在置身於太平洋中央，受六千九百萬平方哩的浩瀚和海洋的正色包圍，處於所有潮汐的核心，介入洪濤和巨浪的吞吐，開始有超越凡界、與眾神同列之感。這種通神的經驗，首先來自太平洋的驚人面積，以及這面積所引起的種種聯想。

通常，眺望遠景的人無論在哪一個定點馳騁目光，都能建立自己的視域。在威基基海灘外望，我哪裏還有視域？——我的視域早已被太平洋的水域兼併，一如戰國時期一個小小的采邑遭強秦鯨吞。看哪，湛藍從四方上下決眥而去，茫茫淼淼，不知是失落在歸墟以外億里兆里的無何有之鄉，還是撲到了天上，在星際無休無止地泛濫。在我的前

方，潺潺沆沆，碧藍自諾亞時期一直泛濫到如今，把地殼全部淹沒了還一直湧向天上，湧向太空去淹沒星系以外的黑洞才罷休。視綫的盡頭，除了一條把藍天藍水劃分的弧形水平綫之外，就甚麼也沒有了。方位、時間、空間，這時都跌入了混沌。匉匉訇訇的大風從水平綫外吹來，從水平綫外千百萬里聚集了大氣層的雄偉力量挾冷流暖流回薄激蕩，掣動風雲，在太陽下鞭起浪陣，搖撼着穹蒼洶洶湧湧地覆來。

綿延數百公尺的浪陣白晃晃地閃着光，隱隱發出龍吟之聲……浪陣越來越耀眼，最後像橫亙天穹的巨刃向沙灘切來。在白光閃晃的同時，龍吟之聲越來越響亮。沙灘上的我，早已被濤聲捲入遠古，看周武王的虎賁百萬覆過牧野，羅馬的雄師把歐洲捲入鎧甲的銀浪金濤……然後是嘩嘩啦啦，地陷天塌間極目無際的威基基海灘盡是浪濤傾頹的巨響，久久不絕於耳。

面對海神的呼喚，我這個水的兒子再也忍不住，匆匆換了泳褲，向眾水之父的懷抱奔去。奇怪得很，多年沒有在海裏游泳，此刻見了太平洋，二十多年前的少年衝動竟毫不退減，竟像強弓一樣把我射入六千九百萬平方哩的浩藍。

撲進了太平洋中央，發覺水底的坡度不陡，嘩啦啦顛躓前進了好久，海水仍淹不到胸膛，腳下盡是海藻、石頭、珊瑚礁。於是，不等海水齊胸就游起蝶泳來。

在所有的泳式中，仰泳最優美，自由式最迅捷；論從容，則蛙式會獨擅勝場；可是論雄偉、論壯觀，蝶式一出，

其他所有的泳式都要退避三舍。凡是看過泳壇怪傑史畢茲游蝶式的，相信都會同意我的說法。在中學和大學時期，為了比賽，每天總會在游泳池裏泡上一兩個小時，以四種泳式在水裏來回馳逐數千公尺才罷休。由於比賽時參加的項目包括自由式、蝶式、仰泳、蛙式、個人混合式，每次進了泳池，四種泳式都要練得精熟。不過由於自由式最省力，節奏最和諧、最連貫，我對自由式總是情有獨鍾。然而，當我感到特別欣悅、特別昂揚時，只有蝶式能讓我的體力恣肆迸發。置身太平洋中央的我，已經不是二十歲上下的青年。但不知何故，竟覺得年輕時的壯志如火山爆發，挾億萬噸熔岩射入藍天。剎那間，竟毫不自覺地游起蝶式來，並且恣縱地向水平綫撲去，腰肢以下的雙腿矯若游龍……藍琉璃在起伏，急浴過我的肌膚向後面翻騰。我的兩臂，則如彩蝶的雙翼從湧動的藍琉璃疾削而出，切過太平洋的海風飛向前方，然後無比自信、無比壯觀地再度切入浪中。浪花飛濺間，西沉的太陽浮在我的前額，艷紅的葡萄酒把千頃萬頃的藍琉璃淹沒，汩汩湧入我的雙瞳，拍打着我的頭髮、雙眉和兩頰。在我的耳邊，原始的滔滔潺潺汩汩活活把我喚回地殼初冷的歲月。漸漸，我巨翼怒張，扇着琥珀風和藍琉璃，抹過千百萬里的廣袤，靜聽天地間最醇最美的葡萄酒從勁翮汩汩下滴……

「太平洋一尾巨鯤，在巨浪中排山湧出，化為大鵬，胸羽撞擊着轟湧而來的颶風，鋼喙急剖着雲濤，地動山搖間撲入了澎湃起伏、綿延億萬里的紅霞浪……」

在太平洋中央，我留下了這樣的一則神話，等日後修訂《南華經》的學者收錄。

## 五

第二天下午，我和彩華再度出現在威基基沙灘。我們重來，有不同的目的：彩華不是亡命之徒，再來威基基是隨緣；我是亡命之徒，再來威基基是為了滑浪。

我租了一塊浮板給彩華，讓她在水中浮游；自己則租了一塊滑浪板，開始平生第一次滑浪遊戲。

滑浪板長約九呎，末端的底部有鋼鰭，在衝浪而去時發揮平衡和穩定作用。

我扛着頗重的滑浪板走出沙灘，蹚過淺水處，然後伏在板上，以兩手撥水滑到幾百公尺外。向四周張望，發覺附近有許多青少年，都伏在滑浪板上，頭向沙灘，背向水平綫外。

我從來沒有滑過浪。剛才租滑浪板時負責人問我：「以前有沒有滑過浪？」我如實回答：「沒有……」但恐怕租不到滑浪板，馬上補充說：「不過我的泳術倒不錯的……」說老實話，我的泳術──尤其在二十歲前後──的確不錯：游五十公尺只需二十九秒。平時，我不會如此炫能。但當時滑浪心切，只好一反常態，掏出心目中的「王牌」。負責人聽了我的回答，沒有再問，就把滑浪板交給我。我接過滑

浪板後，既感高興，又有點緊張。在同一年的七月，在美國佛羅里達州第一次騎馬，馬場的人還循例叮囑了幾句，教我如何控御馬匹。現在出租滑浪板的人一句話也不說，就讓我以絕對新手的資格去控御海神的蠻駒，我倒有點不安了。幸好童年時期的亡命精神還沒有把我拋棄。結果一點也沒有退縮，接過滑浪板就向海裏走去。租賃滑浪板前，我早已向外眺望，聚精會神看人家如何踏上滑浪板，從容地御浪前進。因此接過滑浪板後，我的信心遠遠超出了我的滑浪能力。

泳客要在威基基滑浪，通常先伏在滑浪板上浮出幾百公尺外的海面，然後望向水平綫；見遠方浪起，就蓄勢以待。當橫亙天穹下的巨浪快要湧到，就迅速爬上滑浪板，然後站在上面平衡身體，昂揚地騎着巨浪向前方飛馳。

我和幾百個滑浪者一起，水禽般浮在海面，耐心地望向水平綫。

威基基既然是滑浪名勝，自然不會叫我失望。不到一分鐘，藍色的海疆不再平靜，幾百公尺外的水域開始掀動，彷彿海神從午睡醒來，開始在西南風中轉側，舒展着碩大無朋的四肢，把大氣層緩緩吸入胸中，再緩緩從胸中呼出。一隻隻浮在海面的水禽見遠方浪起，馬上把目光投向起伏的浪谷和浪峰。……五十公尺……四十公尺……三十公尺……二十公尺……滑浪者早已爬上滑浪板，並且平衡了身體，好整以暇地立在上面。嚴陣以待的我也不甘後人，匆匆爬上滑浪板，竭力站起來……一個顛簸，身體失去了平衡，啪

啦一聲跌回了水中。連綿數百公尺的巨浪掃過來……嘩啦啦一陣巨響後，浪濤已把我淘汰，繼續挾排山之勢朝沙灘方向湧去，聲震穹廬。巨浪之上，立着幾十個神氣的滑浪兒，男的、女的，年紀由十一二歲到四五十歲不等，都昂揚恣肆地騎着浪駒，踏着白光閃爍的浪鬣，如阿波羅怡然乘風朝沙灘長驅而去，叫騎浪不成的我既羨慕，又沮喪。

我沒有資格當蘇東坡《念奴嬌》裏面的「風流人物」，但這樣被巨浪淘汰，心中也不好受。我伏在滑浪板上，目送着幾十名滑浪者向沙灘翛然遠逝，只能徒呼奈何。

沮喪了一會之後，一轉念，馬上又感到安慰。滑浪這種活動，畢竟不是漢天子封禪；我的處境要比司馬談好得多。司馬談錯過了漢天子的封禪大典，在剩下的日子裏就休想躬逢類似的盛會了。我身在威基基沙灘外的太平洋，可不會那麼倒楣，因為太平洋十分慷慨，絕不會吝惜浪濤。只要你壽命够長，又有耐性，這浩瀚的海洋可以為你掀動億次兆次銀濤，掀到銀河乾涸，群星熄滅，你仍會聽到浪聲在黑暗中升沉。想到這裏，我馬上振作起來，再伏在滑浪板上，和其他滑浪者等太平洋的第二波。

第二波和第一波一樣，也毫不留情地把我淘汰了。第二波離我大約十公尺時，我也耗了九牛二虎之力爬上滑浪板，設法站起來平衡身體。可是一兩秒鐘之後，又是一個敧側，啪啦一聲跌進了水中，然後浮出水面，沮喪地目送其他滑浪者策浪駒遠去。

第二波失敗後，我仍然不氣餒，仍興致勃勃地等待第三波。第三匹浪駒同樣桀驁不馴，同樣無情地把我甩進了水中。我一生嗜水，一生與水為伍，而且有柔道和空手道的馬步，現在居然窩囊如斯，不禁十分失望。是呀，進了水中，我自問有浪裏白條的本領；站在陸地，也是半個黑旋風。想不到在威基基沙灘外的太平洋，我會變成陸上的張順、水裏的李逵，水陸功夫全不管用。反觀滑浪的人群，有的不過是十一二歲的小孩，比我的兒子還小。這些小孩子見巨浪湧至，就從容騎上滑浪板，輕而易舉地起立，準確而和諧地投入太平洋的呼吸，投入太初潮汐的脈搏，毫不費力地讓月亮在銀漢外遙遙牽引，以直覺，以本能……十一二歲的小男孩、小女孩，竟那麼自信地控御着浪駒滾滾向遠方馳去，能不叫我赧顏？

中學時期讀過《九歌》中的《河伯》後，一直嚮往主角的形象：「與女游兮九河，衝風起兮橫波。乘水車兮荷蓋，駕兩龍兮驂螭……乘白黿兮逐文魚……流澌紛兮將來下……波滔滔兮來迎……」下水之前，自以為可以凌駕河伯。因為河伯雖然神氣，仍比不上南華真人筆下的海若，更比不上太平洋的大神。太平洋的大神，遙在南華真人無端涯的想像外掀動風雲，既勝過河伯，也勝過海若。我置身於太平洋中央，滿以為能夠走入《水神譜》中傲視河伯，想不到事與願違，面對威基基的大好機會而一籌莫展，不禁十分沮喪。到我跌入水中，目睹十一二歲的小男孩，小女孩御太平洋的浪

駒遠去，叫河伯和海若都瞠乎其後，我更沮喪得像泄了氣的
皮球。於是驀然發覺，我自封為張順和李逵，完全是一廂情
願。

接着湧來的一波，幾乎把我送到了海神殿……

巨浪在天邊湧現……離我只有一百公尺……五十公尺
……三十公尺……二十公尺……我爬上了滑浪板，笨拙地
平衡着身體……劈啪一聲，又跌入了水中……冒出頭來的
刹那……天哪！不好了！另一個巨浪正洶洶覆來，離我只
有數呎之遙。而叫我驚怖莫名的是：高速推進的巨浪上，
好幾塊滑浪板正霍霍如巨刃向我削來，毫不留情地要砍去我
的腦袋。由於距離太近，滑浪者既不能候地停下，也不能突
然轉向。電光石火間，我來不及思索，就本能地急潛入水底
……屏息了大半分鐘，估計六七塊來勢凌厲的滑浪板已經遠
去，才小心翼翼地舉目上望。發覺所有的滑浪者都遠去了，
才試探着冒出水面。

我當時身在水中，不知道肌膚有沒有淌冷汗，只覺心
臟撲騰撲騰地急跳。從鬼門關拾回了性命，我的意識才開始
消化死裏逃生的經驗。剛才從滑浪板上跌進水中，頭部冒
出水面時如果面向沙灘，我一定看不到後面的巨浪；看不到
後面的巨浪，就一定遭飛砍而至的滑浪板擊暈，甚至身首異
處。也許冥冥中的主宰有意救我一命吧，我冒出頭來的刹那
才會神差鬼使地望向水平綫，看得到急湧而來的另一巨浪。
這樣的死裏逃生，如果用數學的概率計算，機會不會超過四

分之一，因為冒出水面時，至少有三個方向看不到巨浪。何況冒出水面時即使面向水平綫，也不一定會留意後面的情況。因為威基基外的太平洋，掀動了第一波之後，通常要過好一會才掀動第二波；兩個巨浪同時湧來，是十分罕見的。遇險前，我多次從滑浪板上跌入水中，冒出水面時都沒有注意後方。巨浪暗算我的時候我恰巧後顧，在千鈞一髮的刹那間避過大難，則概率又遠遠少於四分之一了。無論如何，我命不該絕，能够活着離開夏威夷，是應該感謝大司命的。

經過這一挫折，我銳氣大減，變成了鬥敗的落湯公雞。而且在錯過了第二、第三、第四波……之後，我有了自知之明，自忖在檀香山的短短數天，再難有馴服浪駒的希望。於是退而求其次：不能在滑浪板上站起來策浪駒前進，就伏在上面聽浪鬣的聲音好了……

一個巨浪在天邊掀起。我馬上爬上滑浪板，提前伏下來。橫天的巨浪長驅直進……離我只有五十公尺了……浪聲挾沉沉的雷聲從天外覆來，洪亮，穩定，而又無堅不摧……四十公尺……三十公尺……我有點興奮，又有點緊張。一連多次，因妄圖站在滑浪板上御浪駒前進而失敗，最後一次更幾乎送掉性命。這一次不能再錯過浪勢了……浪勢造英雄；英雄乘浪勢。這次只許成功，不許失敗！我兩眼後顧，緊張地盯着那匹在天穹下揚着白鬣、自遠方長嘯而至的神駒，心臟的跳動開始加速，呼吸也急促了……巨浪離我只有二十公尺了……浪聲越來越大，如一千萬匹神駒在

舉頸奔騰……十公尺……我的眼睛緊盯着越來越近的白鬣
……五公尺……我俯伏在滑浪板上，與急撞而來的萬鈞雷
霆形成了九十度直角……三公尺……一公尺……我來不及
調整心理去應付那排山覆來的浪濤，已經在千分之一秒內捲
進了宏大無邊的力量和巨響。那股力量，是我進入人世以來
從未感受過的。

小時候，在鄉間，我曾經在山洪暴發、大河泛濫的雨
天跳進黃浪滾滾的大河，讓漩渦把渺小的身體狂捲猛扯。在
香港，我曾經以血肉之軀領略過颱風壓境時大浪灣的洪濤。
可是，和太平洋的超級巨浪比較，這些力量全部變成了小
巫。太平洋的超級巨浪，挾掀動風雲、掀動大氣層的不可抗
力，如巨靈億萬在同一時間施威，毫不留情地以橫掃一切、
無堅不摧的凌厲把我猛撞狂推。在猝不及防間，我墮進了驚
恐迷離、恍惚而又混沌得難以分析的精神狀態中，如渺小的
舟子航行間跌進了百慕達三角的大漩渦；如路上緩步的人失
足墮進了大峽谷的火山口，惶怖間直墜萬尋之下的地殼，在
半昏迷狀態中看見五大洲的巨型板塊挾崑崙山喜馬拉雅山以
至整個帕米爾高原的重量和動量以裂蒼穹、撼地脈的威勢撞
過來；又像一葉星槎，一葉微不足道的星槎在星際漂浮間突
然塌入了滅光摧聲的大黑洞，和一座座的銀河系和千億兆億
白矮星紅巨星以至芒角四射的超新星雪塌雲崩地墜入黑洞深
處，看扭曲變形的空間和時間在四方上下痛苦地坼裂崩潰，
發出摧魂撼魄的巨響。

幾十年來，雄偉、壯麗、陽剛的奇景見過不少。我曾經站在長江口看東海的鴻濛在天鼓的隆隆巨響中誕生；在四川的峨眉山立在海拔一萬呎的金頂讓天風莽莽蕩蕩地旋成巨浪繞着我劇旋；在金頂最險要的捨身崖邊俯瞰下面的萬丈深谷，看大化翻騰滾湧，以攝魂的寂靜把我征服。然後，於一九八零年的深秋，在加拿大和美國的邊境遠觀諦視馳名世界的尼亞加拉大瀑布，深入一百六十呎的隧道，水花飛射間隔着數呎的近距離，看寬達二千六百呎的瀑布從銀河轟轟下搗，淹沒了天地間所有的聲音。面對尼亞加拉的雄偉景象，我自以為聽到了造物主的大聲音。

上述偉景，我一直以為是壯觀的極致；經過這些偉景的洗禮，自以為我這個凡軀已歷盡宇宙至大至剛的偉力洪音；想不到在夏威夷，在眾水之父的太平洋中央，我的神秘經驗還會攀升更高的高峰。置身於高峰的尖端，我終於惴然凌駕了凡間所有的神秘經驗，與冥冥外的神明渾然相契。這時候，鄉間大河的滾滾黃浪，尼亞加拉瀑布千億萬噸的滔滔大水，都變得無足輕重了。在橫亙數百公尺的巨浪中，我的四肢、我的肌膚、我的頭髮已經觸到了控御眾星的動力之源。在無限惶駭中，我又嘗到了從未有過的新鮮感和興奮，彷彿在死亡的恐怖和誕生的欣悅間馳行，左耳聆眾鬼輪回的厲嚎，右耳聽星系誕生的天樂，同時又在幾百種感所未感的感覺和心情間來回急轉疾旋。置身於偉力的核心，我還聽到宇宙中最洪亮的聲音在我耳畔、在我四周轟湧翻騰。長江瞿

塘峽的洪濤和尼亞加拉大瀑布的巨響,我都在近距離聽過。可是,聽這些巨響時,聲音畢竟在數呎外,仍有一點點的距離。此刻,我却捲入了巨響的聲核,像一個人失足墮進了霹靂誕生的深淵,聽見巨雷接着巨雷隆隆以我為中心向八方勁馳飛射;又像星塵飄入了陰陽深處,聽大化在肘邊和耳側呼呼成形。刹那間,我魄潰魂散,跌進了畢生從未經歷過的不測之境,進入了另一度空間、另一個宇宙,自我的身分完全失去,四周混亂一片,意識中沒有前,也沒有後,不知道自己從哪裏來,更不知道下一霎會捲向甚麼樣的存在狀態或心理空間。在千分之一秒內,我在誕生,也在死亡,然後在死亡中復活,復活後又在刹那間身歷億萬次輪回億萬次災劫……

就這樣,我讓宇宙中至大至剛至雄偉的巨響和力量把我徹徹底底、完完全全地征服。不由自主間我像一粒芥子,任無邊無際的大化疾捲渦旋,聽陰陽在耳際摩蕩,然後失去物我的界限向另一個世界飛升……隆隆滾滾,所有的天體在沉淪,所有的星系在崩塌,剩下我,馳進了太初再馳出太初之外,攀着神駒的藍鬣白鬣,驕驕馳過黑暗漭沆的大水,與神靈一起喚雷呼風,呼喚大水外微茫秒忽、將現未現的大光芒。

一九九五年五月四日

二零一九年二月二十一日於多倫多修改

＊本文收錄於散文集《逃逸速度》（台北：九歌出版社，二零零五年十二月）；《香港當代作家作品選集・黃國彬卷》，黃維樑編（香港：天地圖書有限公司，二零一六年七月）。

# 三游大西洋

　　第一次游大西洋在巴哈馬，第二次在百慕達。第二次之後，隔了多年，嗜水的我又聽到海神的朗笑在西半球的陽光下沿着長入天邊的沙灘上回蕩起伏。於是再度展翅，從香港飛往多倫多，從多倫多飛向大西洋浪聲的潺湲。

　　仁者樂山，智知樂水。仁智之境我未能企及，但仁者和智者的魚與熊掌，早已為我獨兼。因為我既喜泰山、峨眉……，也愛黃河、長江……。不過，假如樂山社全仁謝靈運、李太白、徐宏祖和樂水會會員阮小二、阮小五、張順不容我兼事二「主」，要我毅然抉擇，躊躇良久後，我大概會離開手握雷霆、統治奧林坡斯山的眾神之父宙斯，不由自主地游向海神波塞冬的一邊。

　　宙斯和海神是兄弟。平時，我二神兼祀；在緊要關頭稍有所偏而向統御眾水的海神靠攏，諒宙斯不會介懷；因為二十多年前，在海拔一萬呎之上的峨眉金頂，我已經向他虔誠朝拜，以行動告訴他，我對山的愛敬有多深。

　　偏愛施諸水後，我的抉擇仍未結束：眾水之中，該選太平洋呢，還是大西洋？天下之水，以此二洋為首，任何江

海都無從匹敵；而二洋相比，論面積，是太平洋為兄，大西洋為弟。洋兄、洋弟，和我都有極深的緣分。一九九四年，在夏威夷威基基海灘，我領略過太平洋巨潮的偉力，像稊米一樣被捲出意識邊緣，漂向漩渦星雲深處，看神靈浮過大水。一九九六年的一個白晝，在澳洲的邦代（Bondi）海灣，我目睹太平洋的巨浪像大山推着大山從天邊隆隆撞來；當天夜裏，在黃金海岸的沙灘上再與太平洋相會，與滾滾不絕的巨浪相距咫尺，聽千軍萬馬覆向長灘，把我完全震懾，叫我在敬畏和神秘中靜聽般度族的阿周那、俱盧族的迦爾納各率百萬大軍在大平原上鏖戰，殺得風雲澒洞，日月無光。兩次撼我魂魄的經驗，迄今仍在我的散文裏起伏，證明我如何尊崇太平洋。

那麼，在我的《水經》裏，大西洋又佔甚麼位置呢？一九九零年，在大西洋城的一個夏夜，黑暗中一個人站在沙灘上，聽不足一丈之外的滾滾巨濤在地裂天崩間撞過來，懾魂撼魄，帶着星雲外的神秘，在潛意識深處把恐懼從二百萬年前的黑夜，從黑夜的岩穴裏捲起；同時以記憶前最強大的聲音喚我，帶着岩礁女妖的誘惑叫我欲拒還迎。在此之前，也就是一九七七年夏天，我曾經站在長江口的岸邊看大水拍天，聽雷神在東海鴻濛的深處狂擂着震天鼓，感到前所未有的昂揚。可是，長江也好，東海也好，畢竟仍是江海，在大西洋面前不得不俯首稱臣。因此，在大西洋城和大西洋相會後，我的大水洗禮又前邁了一大步。其後，在巴哈馬和

百慕達，我更完完全全、毫不保留地撲入了大西洋的浩瀚，在浩瀚中現我北溟之身，化而為鵬，讓兩千年前南華老仙的預言在西半球上演。由兒童時期的池塘、溪澗、小河，到少年、青年時期的南中國海，到中年的太平洋、大西洋，我的《水經》終於升到了一覽萬水小的至高境界。河伯和海若見了我，大概也敬我三分。那麼，在我的《水經》中，大西洋和我的緣分較深，給我這個弄潮兒的印象較佳，也就自然不過了。太平洋，我只游過一次；大西洋呢，我到達美國邁阿密之前已經游過兩次。此外，太平洋的威基基雖然舉世聞名，可惜水淺石多，要感受海神波塞冬的偉力，首先要步行涉水，再游到數百尺外靜候巨潮自水平綫外湧來。這樣的淺灘，怎能滿足我這尾北溟鯤的需要呢？大西洋就不同了：無論在巴哈馬還是百慕達，所有的海灘都水深沙細，不假思索地撲進水中，也不虞陰險的石頭在水底暗算你：或撞你的腳趾，把疼痛直送心脾；或割你的肌膚，叫腳底或腳踵皮破血流。把疼痛直送心脾已經掃興；叫你皮破血流更非同小可，因為，一百萬份海水，只要跟你的一份鮮血相混，老遠的大白鯊就會循鮮香的血腥勁射而來……。那麼，肌膚被亂石割傷後，你還敢留在水中嗎？

第三次游大西洋，首、二兩次的新鮮感並沒有退減；因為在邁阿密海灘下水，有另一種喜悅。初中唸地理時，在課本裏認識了美國的不少名城。這些名城之中，最吸引我的，並不是政治核心華盛頓，也不是貴為世界第一金融中

心的紐約，而是陽光之州（Sunshine State）佛羅里達的邁阿密。理由很簡單：邁阿密有馳名世界的海灘；愛海的人如果不喜歡邁阿密，就白白辜負上帝的美意了。你聽，琤琤琤琤，上帝命北美的柔風伸出長長的纖指，在邁阿密奏起了藍色的仙樂。聽了這仙樂而無動於衷，我一定會罹咒，淪為耳無聞、心無感的鈍牛。經過三十年的飢餓……或者應該說「飢渴」吧，邁阿密對我的吸引，就像巨磁攝鐵，有無可抗拒的力量。

二

佛羅里達州在美國東南，以長長的半島形向東南伸入藍水；西浴墨西哥灣；東瀕大西洋，與巴哈馬群島相望；向南，則隔着佛羅里達海峽與北回歸綫以南的古巴遙對。在整個美利堅合眾國，能夠跟大西洋肌膚相接的，當然不止佛羅里達一州；但在嗜水者的心目中，沒有一州能像佛羅里達那樣得天獨厚：亞熱帶的森林氣候，終年有墨西哥灣的暖流送來濕潤和溫暖。因此，美國東部的著名海灘，幾乎全叫佛羅里達囊括；由北至南，盡是大名鼎鼎的游泳勝地：費爾南迪納海灘（Fernandina Beach）、傑克遜維爾海灘（Jacksonville Beach）、聖奧古斯丁海灘（St. Augustine Beach）、奧門德海灘（Ormond Beach）、代托納海灘（Daytona Beach）、新士麥那海灘（New Smyrna Beach）、可可海灘（Cocoa Beach）、

棕櫚海灘（Palm Beach）、維羅海灘（Vero Beach）、里維埃拉海灘（Riviera Beach）、北棕櫚海灘（North Palm Beach）、德爾瑞海灘（Delray Beach）、龐帕諾海灘（Pompano Beach）……最後，雷神狂擂着天鼓，天使競吹着金號間，萬灘之王邁阿密赫赫在水平綫上出現……

邁阿密海灘，其實是一條狹長的珊瑚礁，隔着比斯凱恩灣（Biscayne Bay）與西邊邁阿密市的中心地區相對，中間有八條堤道（Causeway）把二者相連。八條堤道之中，麥克阿瑟堤道（MacArthur Causeway）和里肯貝克堤道（Rickenbacker Causeway）最接近市中心，交通特別繁忙。比斯凱恩灣內，分佈着大小不一的小湖、小嶼、水道，其中以灣港群嶼（Bay Harbour Islands）、印第安小港（Indian Creek）最負盛名。

邁阿密海灘的重點，位於珊瑚礁東緣，長度達十英里；最美麗的一段叫貝爾港（Bal Harbour），是四星級、五星級酒店林立之地。我們一家下榻的酒店，就位於該區。酒店的名字頗長，叫「喜來登貝爾港海灘假日酒店」（Sheraton Bal Harbour Beach Resort）。縱貫珊瑚礁南北的，是科林斯大街（Collins Avenue）。大街的西邊是較矮的私人房子，東邊是巍峨的高級酒店。至於大街有多長，我不必多言，只須請我們下榻的酒店報上地址就行了：科林斯大街九千七百零一號。由大街南端的一號乘公共汽車出發，需時六十分鐘，才到達我們下榻之所。

　　貝爾港一帶的海灘，為各大酒店獨家擁有，只供客人享用。也就是説，這一帶的海灘是私家海灘，外人不得其門而入。不在這些酒店下榻的遊客，要親近大西洋，必須到南邊的公眾海灘。當然，説句公道話，邁阿密的公眾海灘也是上選，不比貝爾港一帶的海灘遜色多少。

　　喜來登酒店除了大西洋，還有一萬平方公尺的室外泳池和園林供客人嬉戲。室外泳池雖然不像大西洋那麼壯觀浩瀚，但曲折多姿，充分展現了人工和自然的諧協交融。結果一連三天，我們一家三人，在噴玉的海龜和吐珠的椰蔭間變成了忘我之魚，在飛瀑聲和流泉聲中或潛或浮，或名副其實地「魚貫」前進，好不快意。不過最吸引我的，還是酒店外的大西洋。

三

　　我們於七月二十八日下午四時許抵達喜來登酒店。由於初到，地形和沙灘有待勘察，因此下水之情雖熾，一時也只好強忍。第二天下午，太陽西斜時我們從酒店大堂的後門出來，走過木橋、曲徑、假山、流泉、石雕、椰樹，越過另一道門，就置身碩大無朋的沙灘，面對我希望之矢一直要瞄射之鵠——幾十億年來一直在吞吐日月的大西洋。站在瀕水處，無論是北望還是南瞻，沙灘都逸出了視域外，叫我的目光在半途力竭。與眼前的沙灘相比，夏威夷的威基基顯然

輸了長度。在我的《水經》中，堪與這長灘匹敵的，只有澳洲的黃金海岸。不過黃金海岸雖有我的履迹，却不曾以浪濤拍我的前額，以藍漪浴我的肩膊。因為當年遊黃金海岸，我只是旅行團中的一隻鴨子，在導遊的指揮下身不由己，想下水也沒有機會。至於巴哈馬和百慕達，由於是海島，面積有限，島上的沙灘也難以像邁阿密那樣，一伸腰，就慷慨地攤開三萬七千六百碼的無邊無際，叫所有極目遠眺的人感到力不從心。不是嗎？從這裏北上，是向陽島（Sunny Isles）和黃金海灘（Golden Beach）；南下，走盡邁阿密海灘（Miami Beach）後還有南灘（South Beach）。不過無論南北，這些海灘都遙隱在視域外，叫所有望遠鏡的焦距失去前進的意志。

海灘長，固然叫人讚嘆，可是最叫我驚喜的，却是沙灘外的大水。攤開地圖，目光在邁阿密的陸上移動，偶一不慎而右滑一釐一毫，你就會直撞 "ATLANTIC OCEAN" 兩個大字的萬鈞雷霆，恍如飄羽捲進了太陰深處，猝不及防間墜入神話中的歸墟。這種感覺，在夏威夷、巴哈馬、百慕達都不曾有過，因為那些地方都是島嶼，抵達前，飛機早已越過浩淼，叫你有心理準備；叫你知道，大水已經把你包圍；結果面對大西洋的浩瀚，你也不會有意外之感。邁阿密就不同了：置身其上，一直以為身在北美，腳踏「實地」，有無際的廣陸供你的目光遨遊，却萬萬想不到，向南北移動間，視綫稍有偏差，就失足跌進大西洋，駭愕中毫無過渡，也沒有

半點緩衝。這樣的經驗雖非第一次領略，但仍叫我像個虔誠的教徒，充滿感恩之情。小時候在鄉間，要走好遠的路，方能滿足我的游水之欲；此刻，天下眾水的歸宿就在踵邊，怎能不感恩呢？高嶺或冰峰群深處的嫩水，出於孺慕之情而要來歸，必先繞過崇山，蜿蜒盤曲間日夜不歇，成為千千萬萬透明的希望攢動奔騰。然而，眾水千辛萬苦才能到達的聖域，我此刻竟一蹴可就。——對，一蹴可就。我只要一旋踵，就可以踩進大西洋的藍浪；一張臂，就可以拍打大西洋的銀濤。四十多年前，如果在鄉間的溪邊看水晶球，看見球裏有一個人在大西洋畔佇立，我絕對不會相信，那個人就是我——一個愛水戀水的海神信徒。

## 四

我和妻兒把三張沙灘椅拉近水邊，悠然躺下，開始縱目前方。幾十年來，小水、大水都已見過，這樣的經驗自然不再陌生。但儘管如此，熟悉的感覺中仍有一份永不凋謝的新鮮。是的，淺水灣和赤柱外的南中國海已經千看不厭，何況比南中國海更浩瀚、更壯觀的大西洋？

在我眼前，藍水以一個大弧畫出了天地的坐標，以四十億年前的洪荒迎接我瞳裏起飛的目光，並且以浩瀚把它包容。對着水在天上迷途、天在水中失落的空幻淼藍，燕齊方士曾看見仙山在水平綫之下升起。面對這深不可測、

遠不可量的神秘，我的心雖在白天，也隱隱感到一種原始的驚懼。鄭和、哥倫布、麥哲倫、達‧伽馬敢毅然航入水平綫外的未知，要有多高的識見和多大的勇氣呢？水之大，連列子也為之智窮，以為「渤海之東，不知幾億萬里，有大壑焉，實惟無底之谷，其下無底，名曰歸墟。」此刻，如果我沒有天文學的啟迪，想法大概也差不多。

沉思間偶一舉目，竟發覺沙灘上除了我們三人，再無其他泳客。這一經驗，是前所未有的。以前，天氣轉涼時在室外游泳，也曾獨佔整個泳池；但一家人獨擁一個奔向天邊的沙灘和浩淼無涯的大西洋，却是平生第一次。是的，大西洋此刻由我們一家三口獨擁。二十四史中，可有一個皇帝享受過這樣的特權？想到這裏，不禁無限憐憫，憐憫所有被野心煎熬的人。那些人日夜做夢，要主宰蒼茫大地的沉浮，却不比我這個褐寬博快樂。此刻，這個褐寬博正忻然仰臥，讓晚風輕拂他的面頰，看白鷗在頭上扇着晚風跌宕，無拘無束，像幾個白色的音符從一首磅礡的藍色交響曲外逸，柔和而富彈性，飄着，蕩着，滑出了水平綫再從水平綫外切回來，充滿自信而又無比瀟灑。……錯愕間，白色的音符變成了他的神思，在夕照裏飄蕩，映着西邊的彤雲不斷幻化，一忽兒是冷銀，一忽兒是暖金，一忽兒又變成雪蓮萬瓣向水中下飄，成為醉人的珊瑚。

柔風中看够了晚雲，就從椅子一躍而起，和妻兒走進水裏。由於這是大西洋，我當然不敢小覷。妻兒游水、戲

水時，我一直浸在水中權充救生員。因為剛才所見，此刻仍歷歷在目。剛才從酒店出來，經後門走出寂靜的沙灘時，一個巨大的告示牌曾經向我們發出嚴肅的警告：「注意，此海灘沒有救生員當值」。通常，説「沒有救生員當值」，泳客已經知道如何自處了。然而大西洋畢竟非同小可：你的雙脚一離陸地，面對的全是茫茫無盡的浩瀚，一直到水天相接處也沒有一個浮台或一個島嶼為你壯膽。因此，發出了第一個警告後，酒店彷彿怕我們魯鈍，立刻在旁邊豎起一個更大的警告："SWIM AT YOUR OWN RISK"（「游泳遇險，責任自負」）。「講得真可駭！」刹那間，我的本能反應有點像但丁初睹地獄之門的文字：「由我這裏，直通悲慘之城。／由我這裏，直通無盡之苦。／由我這裏，直通墮落眾生。……」我這個阮小二，幾十年來一直嗜水、愛水，魚塘、溪澗、水庫、大河、洪水、大海都游過、戲過，一九九五年更在巴哈馬接受過大西洋的洗禮，絕非等閑之輩。但是看了告示，心中仍不免一懔，馬上夕惕若厲，落水後首次以救生員自居，警惕地照看身旁的兩個泳客。當年學習拯溺，不過是為了興趣，怎會想到，我的拯溺資格，有一天會在大西洋派用場呢？

妻兒泳畢，自然輪到「救生員」享受大西洋了。

九百多年前，蘇東坡在密州出獵時曾經自嘲：「老夫聊發少年狂……」此刻，我在大西洋暢泳，也是「聊發少年狂」，與九百多年前的大詩人呼應。若論發狂程度，是蘇、黃各有千秋。東坡是「左牽黃，右擎蒼，錦帽貂裘，千騎卷

平岡」；我呢，是「朝海王，睨八荒，碧浪壯游，萬濤撼穹蒼。」唸中學和大學時，由於嗜水，我的身分有點像職業泳手、業餘學生，結果不但屢奪錦標，還長期穩守自己所創的多項紀錄，金牌滿室間少年人的虛榮感獲得無上的滿足。是的，那些金牌歲月，此刻仍在上游閃閃生輝。此刻遙望上游，還看得見一個少年與千百健兒競賽，渡海泳中從尖沙咀天星碼頭游到維多利亞港另一邊的皇后碼頭；拯溺賽中從深水灣游到淺水灣；或者出於好勝心理，跟二三泳友從淺水灣游到南灣，再從南灣游回來。為了替宿舍爭分，為了滿足少年人的虛榮心，每天花在泳池的時間總有兩三個鐘頭，不游上四五千公尺，不把四個泳式練習完畢就不肯罷休。回到宿舍，還全神研讀美國和澳洲的奧運教練所著的游泳「天書」，成為他們的私淑弟子，按照他們的教導天天練習，把游泳變成了一門學科，不，一門科學。不過，那些歲月畢竟屬於盛夏；此刻到了秋分點，青春之火已熄，虛榮之心遠去，到了水中，自然是另一境界。儘管如此，每次觸水，仍必定暢游一千公尺，背、蛙、蝶、捷四個泳式全部游完，才會離水。到了邁阿密的大西洋，我也像數年前在巴哈馬一樣來回衝刺，時而如蛙，時而如蝶，時而如鳳凰從火浪中騰升，飛揚跋扈地縱我嗜水之性，發我少年之狂，無比暢快地感覺整個大西洋的脈搏與我的左右心房、左右心室呼應。不是嗎？我的心臟一收，大西洋就潮漲，拍打着歐美大陸的綿長海岸，令洪濤如萬馬奔騰，湧入內陸的萬瀆千川；一放，

大西洋就潮退，讓細水在細沙上細細回淌，露出紫貝，露出海藻，讓白鷗的雪翼切過玫瑰色的流光。游得興酣，我心中的血液更洶湧成另一個大西洋，隆隆地澎湃起伏，拍擊着西天的晚霞。然後，我化為大白鯊，以自由式穿浪而去；化為銀鏢，潛射於浪濤深處再在浪濤深處靜止。宇宙屏息間，我收斂四肢，頭顱、頸項動也不動，像一個星胎在星塵深處細聽脈衝星搏動；然後降回凡間，聽萬濤盡息，萬尋深處的暖流律動如嫩蚌柔柔開合。最後成為毗濕奴，在千首蛇舍濕蜷成的水上臥榻閉目，讓沉思化為紅色的夕曛。不久，我開始沉沉入睡，在大水之上漂浮，千億萬劫之後，肚臍上一朵蓮花開始萌發；蓮蕊內，大梵天悠悠誕生，開始為六道創造一個前所未聞、前所未見的嶄新宇宙。

二零零三年十月二十七日

二零一九年二月二十一日於多倫多修改

*本文收錄於散文集《第二頻道》（香港：當代文藝出版社，二零一一年十二月）；《香港當代作家作品選集‧黃國彬卷》，黃維樑編（香港：天地圖書有限公司，二零一六年七月）。

# 在二萬八千呎之上戲浪

## 一

哥倫布於一四九二年八月十三日率船三艘，從西班牙帕洛斯（Palos）啟航，十月十二日登陸聖薩爾瓦多。這是他發現新大陸的第一次航行。一四九三年九月二十五日，他再度啟航，由加的斯（Cádiz）出發，率船十七艘，十一月十九日發現波多黎各。

哥倫布到波多黎各，是為了殖民；我和妻兒於二零零四年八月九日到波多黎各，却另有原因。

## 二

波多黎各，西班牙文 Puerto Rico，「富饒港」的意思；中美洲西印度群島之一；是美國的一個自由聯邦，全名為波多黎各自由聯邦（Estado Libre Asociado de Puerto Rico）；位於西經六十六點三度，北緯十八點一五度，北瀕大西洋，南臨加勒比海；東西長一百八十公里，南北寬六十五公里，面積九千一百零四平方公里，約等於香港面積的十倍；人口約四百萬，其中有二十萬是多米尼加人。十六世紀初葉，波

多黎各成為西班牙殖民地；一八九八年美西戰爭中，西班牙
戰敗，波多黎各易主，成為美國殖民地。波多黎各的人口包
括黑人、白人、印第安裔、西班牙裔；種族雖多，彼此之間
却相當和諧。四百萬人之中，有三百多萬人以西班牙語為
母語。一九九三年，英語成為第二官方語言。在此之前，
西班牙語一枝獨秀，是唯一的官方語言。在歷史上，波多黎
各人舉行過三次全民投票，以決定自己的前途：脫離美國獨
立呢，還是維持現狀？結果大多數人選擇了現狀：在行政方
面，波多黎各相等於美國的一州；參加世運和世界小姐比賽
時，則具獨立身分。波多黎各人都是美國公民，以美國總
統為國家元首，但是沒有選舉美國總統、美國國會議員的權
利。在美國國會，波多黎各有專員代為發言，但也沒有投票
權。波多黎各的國防、外交由美國負責，內部事務則由波
多黎各人所選的總督管轄。在政治體制上，波多黎各有參議
院、眾議院，結構與美國的參、眾兩院相仿，議員由普選產
生。波多黎各人雖沒有選舉美國總統、美國國會議員的權
利，所獲的優待却足以叫美國本土的公民妒忌：不必繳聯邦
稅；每年反而獲聯邦一百四十億美元資助。

　　美國總統富蘭克林・羅斯福執政期間，推行過波多黎
各重建計劃，在島上發展農業，擴建公共設施，使全島進入
電氣化，結果島上的經濟蓬勃發展；到了六十年代，乃有全
球矚目的「波多黎各奇迹」（The Puerto Rico Miracle）出現，
叫所有發展中國家艷羨不已。如果世間真的有所謂樂土，波

多黎各肯定是其中之一。今日，波多黎各仍是鄰國人民「投奔怒海」的目標。何以會如此呢？我踏足這幸福之島的一刻，就得到了答案。

八月九日，和妻兒從多倫多經紐厄克（Newark）飛抵波多黎各首府聖胡安（San Juan）。一進聖胡安萬豪酒店（San Juan Marriott）的房間，翻開免費送來的《聖胡安星報》（*El San Juan Star*），映入眼簾的竟是「文革」時期的大鵬灣式標題：「追求新生活，美夢變惡魘」（Una pesadilla para alcanzar el sueño de una mejor vida）；「七十九名偷渡客失踪，搜尋工作仍在進行」（Continúa la búsqueda de los 79 inmigrantes desaparecidos）。錯愕中細讀報導，才知道從年初到現在，因企圖橫渡莫納（Mona）海峽，非法進入波多黎各海域而溺斃的多米尼加人多達六十名。過去三年，企圖偷渡往波多黎各和維爾京群島（las Islas Vírgenes，又譯「處女島」）的多米尼加人，超過三百名。

原來波多黎各之西，是多米尼加共和國，面積四萬八千四百四十二平方公里，等於波多黎各的面積五倍以上。多米尼加和波多黎各一樣，位於西印度，氣候、族裔、語言相同，却由於管治不善，經濟陷入危機，失業率高達百分之十六；每年平均通脹率為百分之三十五；其幣值由九十年代的十六比索兌一美元跌到目前的四十五比索兌一美元。多米尼加人生活困苦，乃有「適彼樂土」之想；一有機會就千方百計逃往波多黎各或波多黎各以東的美屬維爾京群島。然

而，多米尼加與波多黎各之間，隔了一個莫納海峽。莫納海峽寬一百二十公里，深一千公尺，不但風高浪急，而且鯊魚成群，不知比香港的大鵬灣危險多少倍。多米尼加人賴以逃亡的不過是簡陋易沉的船隻，在莫納海峽顛簸，不啻向死神挑戰。

　　與加勒比海其他國家比較，波多黎各是人間天堂。生活在人間天堂的波多黎各人，也自知身在福地，懂得珍惜，懂得感恩。一九九三和一九九八年舉行的兩次全民投票中，波多黎各人沒有選擇獨立之途，就是明證。我們一家於八月十一日參加酒店主辦的一日遊，深入該島東部的鐵砧山脈（El Yunque）熱帶雨林。途中，旅遊車司機介紹風景時，說出了大多數波多黎各人的想法，說時不失幽默：「……不錯，波多黎各人沒有選舉美國總統和美國國會議員的權利——不要緊……這樣一來，我們反而免了聯邦稅，同時還可以對美國本土的公民說：『好啦，總統跟議員都是你們選的。你們那邊出了事，可別怪我們哪！』」然後，司機還談到羅斯福對波多黎各人的貢獻：「羅斯福推行波多黎各重建計劃時，到這裏投資的美國商人，給我們帶來了就業機會。」

## 三

　　波多黎各的歷史、地理、名勝，都值得記述。我們在波多黎各四天，並沒有錯過該遊的名勝、風景。八月十日，

我們花了一整天遊覽聖胡安古城（San Juan Antiguo），在東邊的聖克里斯托瓦爾城堡（Castillo San Cristóbal）和西邊的聖費利佩城堡（Castillo San Felipe）居高臨下，把大西洋的浩瀚盡收眼底。置身碉堡裏，摩挲着一門門古炮和一枚枚巨大的炮彈，竟覺古代海戰的攻守變成了電影，在腦中一幕幕展現。八月十一日，我們在島嶼的東部隨導遊深入熱帶雨林，暢遊了鐵砧山脈，眼界為之大開。鐵砧山脈是波多黎各的國家森林，面積二萬八千畝，有二百四十種樹木、五十種蕨屬植物、二十種野生蘭花；其他植物的種類，也成千上萬。在大如風帆的巨蕨和蒲葵間前進，我們彷彿走進了恐龍時代的原始森林。

## 四

不過我們此來，有更重要的目的：再度親近早已熟悉的大西洋。

二零零三年夏天，我們遊了美國的邁阿密。當時躺在沙灘上，肘邊就是浩瀚的藍濤，我嗜水之欲獲得極大的滿足。波多黎各在邁阿密東南一千六百公里。在我們決定飛往這個小島前，只知道那裏會有沙灘，能讓我們再度親近海神，情形大概和邁阿密差不多；却想不到這次南遊，會身歷海洋經驗的極致：在大西洋最深處戲浪。

原來波多黎各以北一百二十公里，是大西洋最著名的波

多黎各海溝（Puerto Rico Trench）。海溝長一千七百五十公里，寬一百公里，最深處密爾沃基海淵（Milwaukee Depth）位於波多黎各東北一百六十公里，深達八千六百四十八公尺（約等於二萬八千三百七十四英尺）。這深不可測的海溝，在六千五百萬年前，也就是地質學第三紀剛開始時，因加勒比海的板塊碰撞脫滑、產生斷層時形成，此刻仍在擴闊。北美洲落磯山脈的最高峰麥堅利山（Mount McKinley），高二萬零三百英尺。二萬八千三百七十四英尺的密爾沃基海淵，把麥堅利山淹沒後，還有八千零七十四英尺的高度把海拔三千一百四十四英尺的大帽山淹沒兩次半以上。加勒比海最深的海淵叫巴特列海淵（Bartlett Deep），深七千八百六十八公尺（二萬五千二百一十六英尺），位於古巴和牙買加之間；與密爾沃基海淵比較，仍相差三千一百五十六英尺；也就是說，相差超過了一整座大帽山的高度。波多黎各之南的海床雖「淺」，但這個「淺」，也足以叫魚鱉轂觫，叫其他海域稱臣。因為波多黎各之南，一出海灘，海床就陡然下傾，直墮海底八千五百公尺（二萬八千英尺）的委內瑞拉盆地（Venezuelan Basin）。杜甫「水深波浪闊」這一名句，地球上大概沒有別的地方能像波多黎各那樣受之無愧了。南華老仙莊周、三閭大夫屈原、凡間謫仙李白、掣鯨詩聖杜甫，以及緊躡李、杜足迹的蘇東坡，都是樂水的智者，在作品中描畫了水的百態千姿。莊周說：「北冥有魚，其名為鯤。鯤之大，不知其幾千里也。化而為鳥，其名為鵬。鵬之背，

不知其幾千里也；怒而飛，其翼若垂天之雲。是鳥也，海運則將徒於南冥。南冥者，天池也……」多麼精彩的描寫！短短六十三字，南華老仙的視境、氣魄、想像，以至語勢的舒展、開闊，全部呈現在讀者眼前，水、天、神話全部捲入了無端涯的汪洋。莊周如椽的巨筆一揮，中國文學史上其餘的負等星，馬上組成浩蕩的陣容，紛紛如驂龍而翔的群帝，一揮袖，水玉就隨風飛揚，叫千百年的詩穹生輝：「駕飛龍兮北征，邅吾道兮洞庭。……望涔陽兮極浦，橫大江兮揚靈。」「黃河西來決崑崙，咆哮萬里觸龍門。」「江間波浪兼天湧，塞上風雲接地陰。」「大江東去，浪淘盡……」。可惜這些先賢未到過大西洋最深處，不知道北冥、南冥、湘、資、沅、澧、洞庭、黃河、長江之外會有深達二萬八千三百七十四英尺的波多黎各海溝；否則，中國古典文學的水經一定變得更壯觀。另一位樂水的智者列子說：「渤海之東不知幾億萬里；有大壑焉，實惟無底之谷，其下無底，名曰歸墟。八紘九野之水，天漢之流，莫不注之，而無增無減焉。」這是列子推測之辭。但列子縱其想像，也只能恍恍惚惚猜度眾水的極致；何如千百年後的我，置身於所有想像之鵠！

初到波多黎各的一天，還沒有掌握上述資料，簡直是有眼不識海神殿。不過，觀千劍而識器，浴萬水而諳海。數十年來，我與水的關係太密切了，所見的「世面」遠非水泊梁山的張順、阮小二、阮小五、阮小七所能想像，結果練就了高度敏銳的「水感」：一近水邊，就能精確地接收水神

所發的信息，像雷達，能測定遠近千百里方圓的地勢、環境。何以見得？見諸八月九日晚上的體驗。

八月九日晚上，和妻兒走到萬豪酒店後面，坐在水邊，面對黑暗的大西洋不過數分鐘，就覺得面前的海區大不尋常。於我而言，黑夜觀海或黑夜觀洋都不再陌生。多年前的一個夏夜，我在美國大西洋城的沙灘上與大西洋相距咫尺，欣然接受巨浪的震撼；之後又飛往澳洲，在黃金海岸的黑夜看太平洋的巨浪列陣，在星穹下展開印度大史詩《摩訶婆羅多》所描寫的大戰。這類叫我魂迷的經驗，早已進入我的《水經》，在裏面留下壯觀的澎湃。不過，坐在波多黎各的水邊看黑夜的大西洋，發覺情形竟大異於往昔，不禁喟然慨嘆，嘆海神千變萬化，非平凡短視的血肉之軀所能窮究。

在大西洋城和黃金海岸，滔天的巨浪固然雄偉，但所列的戰陣磊落而坦蕩，有王者的雍容，向沙灘進攻的姿態也可以預測；雖然叫我敬畏，却不會叫我產生莫名的震恐；因為我知道，佈陣的統帥是周武王、漢光武、唐太宗一類明君，雖然動用了天下之凶器，却不會濫殺無辜。在波多黎各的北岸，情形却完全兩樣：只見前面一片黑暗：茫昧中，在無從預測的方位，不斷湧起一座座的雪山，稜然崢然，冥暗中彷彿是一尾尾白牙森森的大白鯊張口噬來，叫坐在岸邊的我為之怵然。最叫我透不過氣的，是這邊的鯊口尚未合上，四面八方的黑暗已經有更多的大白鯊從更多無從預測的方位勁撲而起。一尾尾龐然大物奪黑而出，破空而來；其來處

之神秘，其聲勢之凌厲，叫坐在岸邊的我完全讋服。在大西
洋城和黃金海岸，面對排空的巨浪時，我還可以從容自持；
在波多黎各，面對大白鯊的迅猛厲撲，我竟壓不住心底的悚
慄，不敢想像那森森的白牙後有甚麼樣的命運在等待獵物。
光是大白鯊，還未能把我的觀海經驗推向認知的邊陲，因為
大白鯊不會做聲，只能撞擊我的視覺；叫我耳界隨眼界大開
的，是巨浪在無從預測的方位勁撲而起時，竟發出美洲豹的
怒吼。那怒吼，在深不可測的黑夜，從一個個嗜血、嗜肉的
喉嚨迸爆，彷彿在地獄底層禁錮了億萬年，突然獸性大發，
掙脫了奧林坡斯眾神祇所打造的金鋼鎖鏈挾冥界的兇殘撲過
來，電光石火間要把獵物撕成碎片千萬。

第二天，也就是八月十日的黃昏，烈日剛斂，紫外綫
開始轉柔，我就迫不及待跟妻兒穿好泳衣，從酒店走出沙
灘。去年，在美國邁阿密，看見「沙灘不設救生員；泳客遇
險，責任自負」的告示時，已經夕惕若厲，不敢造次。却想
不到波多黎各的海灘更駭人：不但説「沙灘不設救生員；泳
客遇險，責任自負」，還把抽象的危險具象化：「小心強大
潛流（corrientes fuertes）」。以婉約柔美著稱的西班牙文，
發出這麼嚴厲的警告，真叫我大感意外；叫我懷疑，能指
（signifiant）和所指（signifié）搭配錯亂；就像嫣然回眸的美
女突然把臉一橫，眉凝冰霜間向我發最後通牒，突如其來的
「變臉」叫我難以接受。

和妻兒走近水邊，舉目外望，只見滿到了天上的淼藍

以無際的浩瀚欺負我疲苶的目光，然後以一個大弧，叫我像列子那樣猜測弧外的歸墟是甚麼世界。多年來與水共舞，早已練就了浪裏白條、立地太歲、短命二郎和活閻羅的本領，但探訪海神時，我總是謙卑恭敬，不敢忘記「善泳者溺」這句格言；因此在巴哈馬、百慕達、邁阿密進入大西洋時都小心翼翼。在邁阿密，望着一去無邊的大水，我懍了一懍，對着大水外的神秘，不敢離岸太遠。因為，不管你在泳池裏奪過多少金牌，一旦面對滄海，你就小成微塵。置身於波多黎各海灘的邊緣，我變得更謙卑，不敢想像離岸太遠會有甚麼後果；因為在我面前，是一個個高達二十呎的巨浪不斷從外面捲來，以水藍把我的視域全部佔據；叫我舉目仰望時再看不到天空，只看見一堵堵水琉璃以泰山壓頂的氣勢向我下覆，然後隆隆挾九天深處的沉雷，在眼前數呎崩塌，彷彿須彌傾圮、崑山玉碎，其氣勢、其動量遠遠超過了邁阿密的浪姐浪妹。香港的讀者，十號風球高懸時大概都在電視上見過石澳或大浪灣拍岸的巨浪。可是，香港的巨浪和大西洋波多黎各海溝的巨浪比較，未免顯得太溫柔、太荏弱了。根據《吉尼斯（香港譯「健力士」）紀錄大全》的記載，世界最高的波浪高達四十四呎。眼前的波浪沒有四十四呎那麼高，但也有四十四呎的一半了。數十年來，雖然觀遍眾水，但這樣的巨浪還是第一次目睹。於是，慫恿妻兒下水時，我提高了警惕。三個人之中，兒子首先投降：見了巨浪，在水邊躊躇了一陣就慌忙後退。妻子和我走進水深及腰處，還未站穩，一

個巨浪已撞了過來，在迅雷不及掩耳間像一輛貨車那樣把她撞倒。這樣的酷待，一般男子都吃不消，更何況弱質女子？

海神的見面禮，我也在同一瞬收到了；在被撞的一瞬，我沒有吃驚，只感到前所未有的興奮，覺得這樣的刺激畢生難逢。不過在興奮的同時，我也知道，對不諳水性的泳者，眼前的水域實在危險。於是勸妻兒返回酒店的泳池嬉水，避免「禍及妻孥」。

後顧之憂消除，形勢馬上改觀；二萬八千呎之上的海浪，成了我的至愛「玩伴」。幾十年來，水，一直給我快樂，給我刺激，也滿足了年輕時奪標的虛榮心；此刻以幾十年僅見的新面目、新姿態相迎，豈能不抖擻精神，全情投入？

投入波多黎各海溝捲送給我的巨浪後，發覺周圍的泳客不多。唔，「泳客遇險，責任自負」和「小心強大潛流」兩句警告，畢竟有阻嚇作用。這時，不知何故，我的意識竟流向多年前香港的股災。當年，股災發生前，恒生指數天天像雲雀那樣直衝霄漢，中文報章天天在高呼「高處未算高」；股民今天入貨，明天就可以大賺特賺。不過在全港股民陷入了譫妄狀態的俄頃，旁觀者都知道，在「高處未算高」的高度，恒生指數隨時會以閃電的速度「插水」直墜，叫來不及出貨的股民傾家蕩產。於是，《南華早報》向股民提出警告：“This is not a game for the faint-hearted.”（「這可不是給膽小者玩的遊戲。」）由於我連廁身「膽小者」行列的資格都沒有，當時看了這句英文，不禁莞爾，默默坐在旁觀席上

看「膽大者」如何把恒生指數玩上去——說「玩下去」才對。
此刻，面對大西洋最深水域的巨浪，也許要補償當年沒有
在股票市場當「膽大者」的遺憾吧，竟不由自主，在心中把
《南華早報》的警句竄改："These are not waves for the faint-
hearted"（「這可不是給膽小者玩的浪」）；竄改完畢，竟躊躇
滿志，有「意在斯乎？意在斯乎？小子何敢讓焉」的意思。
狂妄（ὕβρις）是古希臘悲劇人物的致命缺點；有這種缺點的
人，大禍遲早會臨頭；因此古希臘的先賢，或直接，或間
接，屢屢向後人諄諄告誡，勸他們不要狂妄。幸好我的狂妄
旋起旋滅，同時獲海神包涵，不然一定回不了香港。

放棄了狂妄，我仍有恣縱的空間，可以在水中生涯的
峰巔與前所未見的巨浪相戲。站在水中，耳際是此伏彼起
的濤聲，叫我誤以為身在雷淵深處聽無窮無盡的沉雷誕生，
聽誕生後的沉雷以天山、崑崙、喜馬拉雅的聲勢和重量在周
圍翻騰急湧，成為水藍的大地板塊在激烈摩蕩。「這永不衰
竭、永不休止的大聲音，肯定來自眾音之源。天堂的交響樂
團要演奏交響曲，一定會驅策這無窮無盡的海潮音進入宇宙
的大劇場，以壯聲勢，」我心中暗忖。

耳朵聽夠了宏音，下一步是領教巨浪的威力。我站在
及腰的水中，聚精會神，見一個巨浪推湧而來，威嚴如古希
臘的方陣，馬上挺胸相迎。方陣越來越近，越近聲勢就越浩
大……不，這不是方陣；是高達二十呎的水藍色巨岩……
我的腎上腺素急促增加，來不及掩耳間……磅磅…玉碎珠

濺，巨浪已經像隕石挾太空深處積聚的動量撞中了我的胸膛……其迅猛凌厲，超過了平生所經歷的任何撞擊。胸膛被巨浪一撞，思維來不及反應，整個人已經像泥俑遭弩炮擊中，踉蹌仆在水裏，不知道白沫翻飛破滅間，浪濤把我笤成了甚麼形狀。在太空，引力坍縮，質子和電子結合時，中子星誕生的過程大概也不過如此。在隕石撞胸、浪碎鷗飛的剎那，我感到極度刺激，刺激中又有點驚悸，驚悸後又不能自已，要繼續那近乎自虐的行為，自虐中享受從未有過的狂喜，堅持把自己推向感官經驗的極限。就這樣，我一而再，再而三，選擇綿綿不絕中最大的巨浪，如螳臂當車，以渺小的身體攖宇宙偉力的中鋒，隆然相撞時如彈丸激射，如太倉一粟捲入天鈞的核心，在崩雲裂石中瘋狂地渦旋。

一撞、二撞、三撞……之後，想起了岸上的告示：「小心強大潛流」；同時萌生了進一步冒險之想：強大的潛流是怎樣的呢？——應該試試！

潛流是海邊泳者的大忌。多年前，澳洲的一個政治人物海浴時突然失蹤，蛙人大舉搜救而遍尋不獲。後來，大家對這個政治人物的失蹤有兩種猜測：給敵國的間諜在水中擄走；被強大的潛流捲入了海底。兩種猜測之中，第二種可能性較高。我既然讀過政治人物離奇失蹤的新聞，下水前又看過岸上的警告，此刻還要探潛流的底細，是因為水的誘惑太大，要抵擋也抵擋不了。

所謂「潛流」，是巨浪從空闊的海面湧來，拍打沙灘後

急退，急退時產生強大的拖曳力，途中可以把泳者捲入海底。不懂泳術或泳術不精的人被潛流一捲，踉蹌一跌，跌時心一慌，在水中失去了方向，就往往會出事。不過，我與大海共舞了數十年，早已摸清水性，向潛流「尋釁」時倒成竹在胸。我站在水中，估量哪裏的潛流最強，就游到哪裏；然後站在水中，等巨浪湧來。所謂「等」，其實不算真正的等，因為波多黎各是真正「波多」；在海溝二萬八千呎之上，「一波未平，一波又起」──不，是「一波未平，十波已至」！至時像群岳翻騰，山連着山嶺接着嶺壓地撼天而來。

⋯⋯磅磅！⋯⋯來不及調整感應神經，已經被凌厲無匹的巨浪撞倒，兩腳懸空，觸不到水底的細沙，在念不及轉的百分之一秒內，一直期待的「強大潛流」終於來臨：在百分之一秒內，身體已經被一股強大的力量捲入水底。我沒有心慌，因此陣腳沒有亂，電光石火間暗忖：「啊，你終於來了？」在這短暫的一瞬，我和潛流恍如兩個沒有仇恨的對手，彼此尊敬，十萬年前在大荒山外相約，此刻在汗漫中應約重逢。在這短暫的一瞬，我感到面對強敵時的亢奮，有攀盡千嶺、終抵珠峰的昂揚，幾乎要張口呼嘯。我屏着氣，把身體放鬆，保持冷靜，任潛流把我向外面狂扯，就像一尾金槍魚借海神的強弩射向海溝深處，激射間感到浪綢水帛無聲無息地急滑過肌膚，到強弩的力度減弱才切浪而出，嘩啦啦衝破水琉璃向空中上射。這一經驗，比剛才的櫻浪遊戲刺激多了：櫻浪的刺激在浪碎的一瞬就結束；海底潛射，却可

以維持頗長的時間。蘇東坡《百步洪》二首其一，對飛舟有精彩的描寫：「長洪斗落生跳波，輕舟南下如投梭。水師絕叫鳧雁起，亂石一綫爭磋磨。有如兔走鷹隼落，駿馬下注千丈坡。斷絃離柱箭脫手，飛電過隙珠翻荷。四山眩轉風掠耳，但見流沫生千渦。……」百步洪的刺激經驗，我沒有領略過；但是我相信，在波多黎各海溝之上化為海神的疾矢潛射於海底，絕不會遜色於乘百步洪的輕舟南下。

領略了多次潛流經驗後，又自創另一玩意：穿浪。在《哈利‧波特》中，學童可以在火車站推着車直撞牆壁，在觀眾驚呼間穿牆而入，不受物理局限。這，當然只是神話、童話，在現實世界不可能發生。不過在波多黎各，神話、童話變成了現實。波多黎各的巨浪，和夏威夷、巴哈馬、百慕達、邁阿密的姐妹不同，來時像一堵陡立的水藍峭壁，幾乎與水面切成直角，維持頗長的時間仍不坍塌。看見這樣的一堵水崖，我的「創意」又來了：怎麼不以九十度直角插進去呢？對，像美猴王插進花果山的水簾。不過美猴王和我有別：在美猴王眼前出現的，是薄薄的水簾，插了進去就是陸地；在我眼前出現的，是一堵堵極厚的水藍牆壁，插了進去，身體仍會叫藍水包裹。看哪，水藍的牆壁向我移來了，半透明中充滿神秘，覷不破的謎底欲隱還顯，與我相距十呎⋯⋯九呎⋯⋯八呎⋯⋯三呎⋯⋯我縱身躍起，雙足離地，以九十度直角射入了水崖⋯⋯一隻雨燕，在泰山的絕壁間飛翔；一些青松，虯然在崖頂糾結；一谷白霧靜靜地移

來，籠着絕壁……翛的一掠，雨燕穿進了霧幛，消失了影蹤……消失了影踪的是我，是我擺脱了地心吸力在霧中潛飛……消失了影踪的是我，一枝飛鏢在世間最靈秀、最純淨的物質裏激射，逆碧琉璃推進的方向飛翔……

如是穿着浪，化為一隻接一隻的雨燕、一枝接一枝的飛鏢，翛——翛——翛——翛……到了最後，竟不知自己是泳者還是雨燕，還是銳不可當、無厚不穿的飛鏢。

向水崖穿射得夠暢快了，再選較矮的碧浪，等它湧到面前三呎時突然奮身上躍，整個人凌越了浪峰，胸膛、小腹、雙腿、雙足沒有沾水，就在浪峰之上的空中切過，看一個滑溜的斜坡在浪峰的另一面以完美的弧度下彎……最後，弧度越來越緩，緩成一個藍色的平原……説時遲，那時快，我已經把握這稍縱即逝的良機，胸膛、小腹貼着水藍的斜坡滑下去滑下去……一山接一山的滑過去……泰山之後是青城，青城之後是峨眉天山崑崙和珠穆朗瑪的北坡復南坡……驚飆掠耳雲濤飛散間我已幻化為一股透明的風，柔軟瀟灑，滑遍了九百六十萬平方公里之上的群岳，成為天地間最完美的彩虹在如意飛捲，毫無罣礙。這種戲浪方式，我無以名之，就稱為「跳浪」吧。

跳浪完畢，我選了一個高達二十呎的碧波，等它向我推來。碧波到達面前，我沒有插入水崖，也沒有凌空躍起，只是從容地蜷着身，仰望二十呎水崖緩緩下彎，彎成一個向內深入的晶瑩大凹……然後，天地凝寂，一切動作溶入

了慢鏡，一朵巨花的藍瓣彎向我，緩緩……下覆……緩緩……下覆，溫柔地把我籠起，浪沫才像白雪柔柔……柔柔起飛，再柔柔……柔柔像白葉葳蕤下垂，不知道此刻的我，已隱身藍蕊深處。

## 五

波多黎各最著名的動物不是魚，不是鳥，也不是走獸，而是熱帶雨林中的小雨蛙（coquí）。這小雨蛙是波多黎各的吉祥物（mascot），叫聲一如其西班牙名字的發音。我們深入鐵砧山脈時，到處都聽到這隻小動物的鳴叫。由於小雨蛙是波多黎各土著中的土著，地久天長，一直與島上的風聲、雨聲、潮聲為伴，波多黎各人要強調自己是地道的「原住民」時，就會說："Soy de aquí como el coquí"（「我早已跟此地同化，一如此地的雨蛙」）。經過波多黎各海溝的洗禮，第四天和妻兒飛返多倫多時，我也自言自語："Soy de aquí como el coquí."

二零零四年十月三日

二零一九年二月十六日於多倫多修改

*本文收錄於散文集《第二頻道》（香港：當代文藝出版社，二零一一年十二月）。

註：本文部分資料，錄自下列網頁：
http://www. welcome.topuertorico.org/descrip.shtml
http://www.puertoricowow.com/html/history.html

香 港 藝 術 發 展 局
Hong Kong Arts Development Council 資助

香港藝術發展局全力支持藝術表達自由，本計劃
內容並不反映本局意見。